논산에 살어리랏다

전민호 지음

논산에 살어리랏다

초판 1쇄 발행 2022년 02월 25일

지 은 이   전민호
발 행 인   권선복
편   집   권보송
디 자 인   서보미
전 자 책   오동희
발 행 처   도서출판 행복에너지
출판등록   제315-2011-000035호
주   소   (157-010) 서울특별시 강서구 화곡로 232
전   화   010-3267-6277, 02-2698-0404
팩   스   0303-0799-1560
홈페이지   www.happybook.or.kr
이 메 일   ksbdata@daum.net

값 20,000원

ISBN   979-11-5602-972-4 (03810)

Copyright ⓒ 전민호, 2022

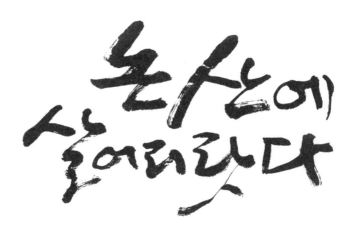

논산을 가꾸는 사람,
전민호의 삶과 도전

전민호 지음

행정은 배려이자 알뜰한 씀씀이이고
예술의 미학이 있어야 한다!

현장에서 답을 찾고 주민에게 길을 구하는
논산의 아들 전민호의 인생과 행정 이야기

도서
출판 행복에너지

추천사

김홍신 | 소설가

논산의 시룻번

전민호 선생, 그는 논산의 시룻번 같은 존재다. 시룻번은 시루를 앉힐 때 솥과 고리의 이음새 사이로 김이 새어 나가지 못하도록 멥쌀가루나 밀가루를 반죽하여 바른 것으로 떡을 찔 때 사용한다. 상황에 따라 다른 역할을 자유자재로 해낼 수 있는 사람이다.

그는 시골집 굴뚝에 막 피어오른 연기처럼 참 다정한 사람이다. 논산의 들판을 살갑게 지나는 명주바람 같은 사람이다. 따뜻한 마음을 열어 다른 의견도 수용하며 어루만지는 사람이다. 그는 하나의 정답을 찾는 것이 아니라 다양한

현답을 찾는 사람이다. 밤송이에 찔릴 것을 걱정하기보다 풋밤송이 여린 가시를 걱정하는 그는 미래시대의 융합형 인재이다. 경계 안에 머무르지 않고 전체를 아우르며 전체를 넘나든다.

어머니의 반듯한 DNA가 그의 뼛속에 사무치게 우수처럼 녹아들었고 아버지와의 무언의 약속이 그를 겸손한 붓처럼 휘어져 더욱 낮게 엎드리게 했다고 한다. 그렇게 어질고 품넓은 부모님의 가르침을 받은 그가 굽이쳐 돌아 황산벌과 마주했다.

우리가 살아가면서 너무 애써 자로 잰 듯이 살 것이 아니라 이리 구르고 저리 구르고 상황이 주어지는 대로 하루하루를 열심히 살아야 한다. 저울에 올려놓은 듯 살 것이 아니라 됫박에 고봉으로 올려놓고 한 주먹 덤으로 얹어주는 장터의 인심처럼 넉넉하게 살아야 한다. 전민호 선생이 바로 장터의 인심 같은 심성을 갖고 있는 사람이다.

소설가 김홍신

프롤로그

모름지기 정치와 행정은 어머니의 마음으로 해야 할 것입니다. 특히 아픈 자식 못난 자식에게 더 신경 쓰듯 사회적 약자와 약한 사람들에게 더 신경 써야 합니다. 그리고 정치가는 행정을 배워야 하지만 행정가는 정치를 배우지 않아도 잘할 수 있습니다. 정치를 행정처럼 꼼수 부리지 않고, 정직하게, 어머님 마음처럼 하면 될 것입니다. 무엇보다 진정성을 바탕으로 하면 사람들에게 신망을 받을 테지요.

논산에서 태어나 다시 논산에서 뿌리박고 살기까지 여러 여정이 있었습니다만 그래도 한결같이 나라를 위해, 지역을 위해, 그리고 사람을 위해 일해올 수 있었던 데는 부모님의 영향과 형제의 사랑이 있었기에 가능했습니다.

이제는 제가 가야 할 길이 조금 더 분명해졌습니다. 제가 지나온 그 모든 길보다 더 선명해졌습니다. 어떻게 하면 조금 더 빨리, 조금 더 효율적으로, 조금 더 멋있게 행정을 펼칠 수 있을지 생각이 들었습니다. 그래서 그 큰 걸음을 떼보려 합니다.

제가 제일 좋아하는 여배우가 있습니다. 늙어서도 숙녀의 모습을 간직한 채 영화보다 아름다운 삶을 살아간 배우, 오드리 헵번입니다. 그녀는 암 투병을 하면서도 가난한 사람을 위해 봉사하고 희생했습니다. 어느 날, 변함없이 난민들 구호를 위해 애쓰던 중 어느 신문기자가 그녀에게 인터뷰를 청했습니다. 왜 이런 일을 하냐고 물었습니다. 그녀의 대답은

간단했습니다.

"이제는 내가 그들을 위해 봉사할 때입니다."

저 역시 그럴 때입니다. 한순간도 그 끈을 놓은 적은 없습니다. 그래서 앞으로도 그렇게 살 생각입니다. 그 결심을 증명하고자 하는 마음으로, 스스로에게 약속하는 마음으로 한줄 한 줄 이 글을 써내렸습니다. 그리고 저는 만약 시장이 된다면, 즐겁게 일하려고 합니다. 여러분을 즐겁게 해드리고싶습니다. 제가 시정을 잘해서 우리 논산 시민을 춤추게 해드리고 싶습니다.

아무쪼록 제 부족한 정성이 이 글을 읽으시는 분들 한 분 한 분에게도 즐거움이 되시기를 부끄럽게 바라봅니다.

2022년 2월 22일
먹골에서

리을 　전민호　큰절

목차

1장

아버지와 어머니

아부지 아부지 우리 아부지

울 엄니

3장

공무원이 되다

이제부터는 나랏일

나는 기획통이다

현직에서 녹조근정을 받으신 아버지가 어머니와 기념촬영

1장

아버지와 어머니

아부지 아부지
우리 아부지

° 나 있기 전

아비가 어린 자식 대신 징용이 되어 군에 나가는 일은 있을 법한 이야기다. 늙은 아비 대신 자식이 징용을 나가는 그런 일 역시 있을 수 있을지 모른다. 그러나 일제시대이던 1945년대 아버지를 위해 어린 자식이 일부러 징용길에 나서는 경우는 흔히 없다. 그것도 스스로 자청해서 말이다. 그렇게 아비 대신 기어이 징용을 나간 자식이 한 명 있었으니 그는 당시 나이 13살에 불과했다.

그리고 징용을 갔다가 해방이 되어 돌아온 그는 어른이 되어 논산군의 군수가 된다. 이후 그가 군수로 재직하던 당시 논산은 시로 승격되어 군수에서 시장으로 명함을 갈아탄다. 군수나 시장이나 관할구역이 같지만 그는 그 이듬해 시장선거에 나가서 기어이 초대 민선 시장의 자리에 오른다.

예로부터 동리 앞 실개천에 항상 먹물이 흘렀다는 곳, 그만큼 선비가 많고 그 고을로 많은 사람들이 서당을 다닌 동네, 지금은 묵동으로 불리는 먹골에서 태어난 한 아이 이야기다.

우리 아버지 이야기다.

전일순 논산시장(필자의 아버님)이 사령장을 수여받고 있다

° 국민교육헌장

내 어린 시절 어느 날 아버지가 종이 쪽지 한 장을 들고 냉큼 방으로 들어오셨다.

"자, 다들 모여봐라. 지금부터 아부지가 이걸 나눠줄 테니 반드시 외우거라. 조금 이따가 아부지가 검사할 테다."

우린 영문도 모르고 아버지가 주신 종이를 들고 온 집안을 휘적휘적 돌아다니며 글을 외웠다. 그렇게 머리가 나쁜 편들은 아닌지 이내 우리는 주욱 서서 글을 외워냈다. 그러면 아버지는 흡족한 얼굴로 동전 한 닢씩을 쥐어주셨다.

"잘했다. 이제 나가서 과자 사 먹고 놀아라."

1968년 12월 5일. 국민교육헌장이 처음 발표되던 해에 있었던 일이다. 당시 공무원이던 아버진 그걸 미리 집에 가지고 와서 우리 형제들에게 나눠주셨다. 지금으로 따지면 자식들에게 미리 선행학습을 통한 나라사랑의 마음을 갖게 한 것이다.

° 네 죄를 네가 알렸다

그렇게 글을 챙기던 우리 아버지는 자식들의 몸을 챙기는 방법도 특이했다. 우리가 뭔가 잘못을 하면 엄격한 편이었지만 그렇다고 덮어놓고 무조건 때리지는 않았다.

"민호야, 엎드려 뻗치거라."

어린 나이에는 당연히 바로 엎드리질 못한다. 주저주저 겨우 바닥에 내려가면 그다음 차분한 아부지 목소리가 들려왔다.

"몇 대를 맞으면 네 잘못을 뉘우치겠냐?"

난 보통 10대 안쪽으로 맞곤 했는데 대개는 8대나 9대를 고르곤 했다. 딱 거기까지가 어린 남자애의 한계였기 때문이다. 한 가지 이상한 점은 그렇게 아버지에게 맞고 나면 난 늘 오히려 후련해졌다. 내가 정한 매라서 그런지 뭔가 죄책감이 덜어지는 느낌이고 그래서 속이 시원했다. 더 정직한 사람이 되는 느낌이었다. 그게 우리 아버지가 죄를 사해주는 방식이었다.

그렇게 자식교육엔 엄격하셨지만 우리 아버진 잔정도 많고 재미난 분이셨다. 지금도 우리 형제들이 아버지 제삿날이면 모여서 늘 하는 이야기가 있다. 퇴근하고서 집에 막 들어온 아버지가 갑자기 우리들을 불러모은 적이 있었다.

"그 주막 알지? 얼른 양동이 들고 가서 받아오너라."

들기도 힘든 큰 양동이를 들고 주막엘 가면 주인 할머니가 양동이 한가득 순대를 담아주셨다. 당시 우리 동네 어귀에 자리 잡고 있던 그 주막집은 순대를 직접 만들어 팔곤 했었다. 아버지는 퇴근길에 그 주막에 들러 미리 돈을 지불하고 아이들을 보내겠다고 전갈해 놓고선 집에 들어오셨던 것. 그 다음은 굳이 상상하지 않아도 어떤 그림인지는 뻔하다. 우리 육 남매는 바닥에 쭈그리고 앉아서 순식간에 그 양동이 가득 있던 순대를 먹어 치웠다. 어린아이가 무엇이 더 필요하랴.

종종 있었던 일이다. 가끔 순대를 먹을 때면 그 시절이 떠오르곤 한다.

° 아버지의 슬기로운 유머생활

나 어릴 적 우리 집은 늘 마당에 개를 풀어놓고 길렀는데 진돗개 수놈이었다. 털이 유난히 하얗고 기름져서 진돌이라고 불렀는데 아버진 새벽이면 늘 그 녀석을 데리고 운동을 나갔다. 그런데 나중에 알고 보니 아버진 그저 동네를 휘 돌다오는 운동을 하신 것이 아니었다. 아버진 아침마다 뒤쪽제에 있는 할아버지 할머니 산소를 다니면서 지극정성으로 산소를 돌보곤 하셨던 것이다. 그래서인지 아버지가 살아계실 땐 따로 벌초를 할 필요가 없을 정도였다. 그러던 어느 날, 아침밥을 먹는 자리에서 아버지가 입을 열었다.

"야~ 내가 진돌이 저놈을 데리고 아침에 나가면 무슨 일이 생기는지 아느냐?"

당연히 우리들은 모를 수밖에.

"무슨 일이 생겨요, 아부지?"
"그럼. 무슨 일이 꼭 생기지."
"무슨 일인데요?"

우리 궁금증이 머리꼭지까지 차오르면 아버진 그때서야 미소를 띤 채로 알려주시곤 했다.

"아, 세상에. 동네 개란 개는 모조리 내 뒤를 따라온단 말여."
"그게 무슨 말이여 아부지?"
"아, 이 녀석들이 어찌나 예의가 바른지 동네 암캐들이 죄다 졸졸 따라오면서 인사를 하더라."

우리는 밥을 먹다가 밥알을 뿜어대기 일쑤였다. 하긴 지금 생각해 보면 아침마다 할아버지 할머니 산소에 가서 예를 차리는 아버지를 동네 개들도 알아보고 예를 차렸다는 이야기니 매우 수준이 높은 개그였지만, 어린 나이의 우리들은 그저 암캐들이 아버지한테 문안인사를 하러 늘 온다는 이야기가 그렇게 웃길 수가 없었다.

이런 일도 있었다. 당시 아버지가 논산시장으로 일하고 있던 때였는데 당뇨가 심해져서 입원하신 적이 있었다. 마침 아버지 침상을 옮겨야 하는 때라 우리 형제가 들러붙어서 새 침상으로 옮겨야 했다.

"자, 하나 둘 셋 하면 동시에 드는 거다."

우린 잔뜩 힘을 주고 아버지가 누운 요를 통째로 들어올렸다. 하지만 우리 생각과 달리 아버진 너무나 가벼웠고 우린 생각지도 못하게 아버지를 새 침상에 털썩 던지다시피 놓는 꼴이 돼 버렸다. 아버지는 누운 채로 온몸이 방아를 찧은 셈이 됐다.

"아이고, 아버지! 괜찮으세요?"

우린 다들 걱정스러운 눈빛으로 아버지를 살폈다. 다행히 크게 다친 느낌은 아니었지만 아이고, 아이고 소리를 반복하던 아버지는 우리에게 이렇게 말씀하셨다.

"아이고, 이놈들아. 계란이면 깨졌것다."

우리의 미안함을 웃음으로 애써 가려주시는 아버지에게 더 죄송한 마음이 들어 난 마음껏 웃지도 못했다. 아니, 오히려 그 침상에서 내려오는 순간, 발바닥만 땅에 떨어진 게 아니라 눈물도 같이 떨어졌다.

아버지 산소를 찾았다.

"아부지, 자주 못 들러서 죄송해유. 잘 계시죠?"

아버지만 못한 자식인가 보다, 나는.

° 그저 가락이 좋아

난 오남일녀 중 셋째로 태어났다. 형제가 많아서인지 굳이 따로 놀이터를 찾거나 하지 않아도 마당과 대문 밖 넓은 길은 온통 우리 차지였다.

내 어린 시절, 우리 할아버지는 한학자였다. 그래서인지 서당에서 훈장을 지내셨는데 그 서당은 당시 먹골에 있는 아버지 생가의 사랑채였고 우리들의 배움터이자 놀이터였다. 우리 할아버지 서당은 우리 동네뿐 아니라 근처 다른 동네의 청장년들까지 끊이지 않고 배우러 오가던 곳이었다. 그리고 늘 책걸이 때면 온 마을에 떡과 음식을 돌려 인심 좋은 잔칫날이 벌어졌다.

하지만 정작 이 서당이 내 기억에 오래 남는 이유는 다른

데 있다. 학생들을 가르치는 시간이 아닐 때면 늘 할아버지 친구분들이 서당에 놀러오곤 하셨는데 그럴 때마다 할아버지와 친구분들은 대화라도 하듯 시조에 가락을 넣어 창처럼 읊어대시곤 했다. 지금으로 따지면 랩 배틀인 셈인데 난 대문 밖에서 놀다가도 그 가락이 들려오면 나도 모르게 툇마루에 앉아 홀린 채로 가락을 듣곤 했다.

 밖에 있는데도 마치 할아버지와 그 친구들과 있는 느낌이 들면서 그 가락이, 그 운율이 나를 어딘가 좋은 곳으로 데려갈 것만 같은 그런 기분이었다. 아마 그때 처음으로 내게 시심이 싹텄는지도 모르겠다.

아버지 회갑연에서의 아버지와 어머니

울 엄니

° 하얀 족쇄

우리 5형제는 정확히 다 2살 터울이다. 그러다 보니 초등
학교 때는 수년간 적어도 세 명은 같은 학교를 다니는 꼴이
됐다. 한 학교에 세 명이 다니다 보니 때론 엄마를 힘들게 할
수도 있다는 생각을 그때는 하지 못했다. 특히 학교 운동회
같은 큰 행사 때는 더욱 그랬는데, 우리가 먼저 아침 일찍 나
갈 때였다.

"애들아, 잠깐만 기다려."
"엄마, 우리 빨리 가야 돼요."
"잠깐만, 셋 다 이리 서 봐. 이거 좀 묶게."

엄마는 어디서 하얀색 붕대 같은 걸 가져오시더니 우리 발목에 두르고 묶기 시작했다.

"엄마, 이거 뭐예요?"
"응 아무것도 아니다. 이거 절대 풀면 안 돼요."

우린 아무 영문도 모른 채 그저 운동회가 신나 한걸음에 학교로 뛰어갔다. 그리고 신나게 운동회를 하고 배가 슬슬 고파질 무렵이면 엄마가 우리를 금방 찾아내 도시락을 건네주셨다. 그 많은 학생들 중에서 우릴 가장 먼저 찾아내 밥을 먹이던 엄마의 비법이 그 발목에 묶인 리본 때문이라는 걸 그때는 몰랐다.

자식을 빨리 찾아내 밥을 먹이려는 그 마음….
자식들이 모이고 흩어지고 달리는 모습들을 쉽게 보고자 했던 엄마의 지혜….

내가 기억하는 우리 엄마 모습 그대로다.

°엄마의 말씀

형제가 많은데 내가 중간인 것이 좋을 때도 많았지만 싫은 때도 있었다. 우리 엄마는 나름 삶의 지혜(?)를 짜내서 6명을 키워냈다. 그중에 기억에 남는 일.

형제가 많다 보니 엄마는 늘 모든 형제들에게 새 옷을 사주진 않았다. 우린 그렇게 못사는 형편은 아니었지만 엄마는 늘 근검절약하는 편이셨기 때문이다. 그래서 옷은 제일 큰형과 내 밑의 동생 옷만 새것으로 주어졌다. 제일 큰형에게 사준 새 옷은 결국 둘째, 셋째인 나까지만 물려 입는 옷이 되고 내 밑에 넷째에게 사주는 새 옷은 그 밑의 나머지가 다 물려 입는 꼴이다.

당연히 큰형에게 사준 새 옷은 내가 입을 때쯤이면 헌 옷이 돼 있기 마련. 어릴 때 난 그게 싫었다. 하지만 그럴 때마다 최면에라도 걸린 듯 아무렇지 않게 넘어가게 되었는데 바로 우리 엄마 때문이었다.

"엄마, 또 이거 입어요? 왜 맨날 나만 헌 옷이야? 나도 새 거 입고 싶다구!"

"아이고, 민호야, 우리 민호는 아무거나 입어도 이쁘네!"

"어 정말?"

"그럼! 우리 민호는 정말 뭘 입어도 이뻐."

그 자체로 예쁜 우리 엄마 말씀은 심술이 잔뜩 난 개구쟁이를 늘 이기곤 했다.

나중에 엄마에게 들은 이야기가 하나 더 있다. 엄마는 서천에 있는 장항여중을 다니셨는데 어느 날 국어시간에 갑자기 선생님이 학생들에게 물었다.

"자, 여기 책에 보면 '암암리에'라는 말이 있죠? 이걸 우리말로 하면 뭐가 될까?

사실 '암암리에'라는 말 자체가 당시 중학생들에게 쉬운 말은 아닐 터. 그런데 갑자기 엄마는 손을 번쩍 들었다.

"선생님, '속속으로'라고 하면 어떨까요?"

"응? 뭐라구? 다시 말해봐."

선생님은 갑자기 놀란 표정을 짓더니 다시 물었다.

"네, 속으로, 속으로, 그래서 속속으로 라고 생각합니다."
"그래, 그래, 허허, 네 말이 맞구나."

그렇게 만들어진 '속속으로'라는 말은 당연한 이야기지만, 지금도 내가 가장 좋아하고 생각할 때마다 놀라는 말이다.

우리 엄니 말재간 속재간이다.

° 옛날이야기

가끔 엄마가 우는 걸 보는 때가 있었는데 잠자리에서였다. 우리 엄마답게 예사로운 옛날이야기는 아니었는데 바로 등장인물이 엄마였기 때문이다.

"엄마의 엄마는 엄마가 어릴 때 돌아가셨어…"

이렇게 시작하는 엄마의 옛날이야기는 엄마가 어린 시절

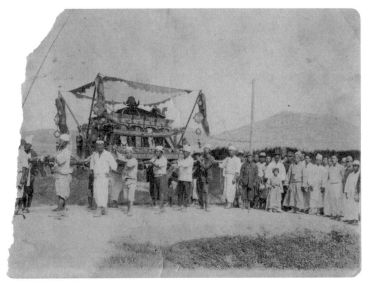

9살 우리 엄마가 엄마를 잃고 상여나가는 모습(맨 앞줄 꼬마가 울 엄마)

에 있었던 슬픈 사연이다. 우리 엄마는 삼남매 중의 맏이다.
그런데 엄마가 9살 때 할머니가 일찍 돌아가시자 할아버지
는 바로 재혼을 하셨고 그 덕에 집에는 계모가 들어왔다. 문
제는 계모가 우리 엄마보다 겨우 6살 위였다. 당연히 엄마다
운 내리사랑은 기대도 하기 힘들었을뿐더러 시집와서 자기
자식들이 줄줄이 생겨나자 우리 엄마와 동생들은 찬밥 신세
가 돼버렸다.

　그래서인지 방학이 되면 우리 엄마는 동생들과 함께 엄마
의 외할머니 집에 가 있곤 했었다. 그게 그나마 여러 분란도

피하고 어린 마음에 상처도 받지 않는 최선이라고 생각했나 보다. 그러나 그렇게 방학을 잘 지내고 다시 집으로 돌아가려면 백마강을 배로 건너야 하던 시절. 그때마다 외할머니는 엄마한테 이런 말을 했단다.

"아이, 금순아, 강 건널 때 옥순이는 빠트려라. 물에 빠트려 죽이란 말이여."
"흑, 할머니, 그런 말 하지 마요. 난 옥순이 안 죽여… 흑흑"

동생을 죽여서 마음의 짐이라도 좀 덜어보라는 외할머니의 말에 엄마는 동생 옥순이를 더 꼭 부둥켜안고 백마강을 건너며 같이 울었단다. 그래서인지 엄마는 그 이야기를 할 때면 내가 동생 옥순이라도 되는 듯 날 꼭 부둥켜안고 서럽게 우셨는데 그래서 난 옛날이야기가 떠오를 때면 나도 모르게 지금도 눈시울이 붉어지곤 한다.

° 하루에 놀뫼장을 두 번

하루는 내 어린 눈에도 엄마가 좀 힘들어 보인 날이 있었다. 나도 모르게 엄마 옆에 앉아 물었다.

"엄마!"

"응, 민호야!"

엄마는 날 바짝 옆으로 끌어안았다.

"엄마, 어디 아파요?"

"아니야, 조금 피곤해서 그래."

그 시절, 차 한 대 없이 웬만한 곳에 웬만한 일은 다 걸어다니던 때였는데 당연히 우리 엄마도 예외는 아니었다. 그런데 그날은 유난히 엄마가 아파 보여 난 걱정됐다.

"별 일 아냐. 엄마가 장을 두 번 다녀왔더니 조금 힘들어서 그래."

그리고 나에게 애써 웃어보이던 엄마이야기는 이랬다. 읍내에 장이 서서 이것저것 먹거리를 사러 장에 들른 엄마는 나중에 집에 와서야 셈이 잘못됐다는 걸 눈치챘다. 콩나물을 7원어치 사면서 10원짜리를 건네고 거스름돈을 받아 챙겼는데 집에 와보니 거스름돈이 4원이더란다. 콩나물 파는 아주머니가 실수로 엄마한테 1원을 더 챙겨준 셈. 엄마는 그 1원이 못내 마음에 걸렸나보다. 그래서 그 1원을 다시 돌려주려고 장을 한 번 더 걸어서 다녀왔다. 읍내 장까지의 거리는 그때는 길이 구불구불해서 지금으로 치자면 왕복 10km는 훨씬 넘었을 것이다.

그렇게 우리 엄마는 남의 집 검불 하나도 함부로 가져오지 않는 성품이었다. 남의 것이라면 내 옷에 뭐가 묻어오는 것조차 싫어하는 사람이었다.

° 동전 2천 원어치

1985년 추운 겨울날. 내가 서울시 공무원에 합격해 첫 직장생활을 위해 서울로 올라가던 때였다. 첫 출근을 하루 앞둔 날, 나는 논산에서 고속버스를 타려고 터미널로 향했다. 마지막으로 엄마와 통화하기 위해 터미널 공중전화를 찾았는데 이렇게 저렇게 동전이 좀 있어야 할 듯싶어 미리 2천 원 정도를 동전으로 바꿔놓고 엄마에게 전화를 걸었다.

"엄마 나 내일 출근인 거 알지?"

"하하하!"

"근데 엄마, 나 재미난 이야기가 하나 생각났는데…"

"하하하!"

무슨 이야긴지는 묻지도 않고 대뜸 수화기 너머 웃음소리부터 들렸다. 우리 엄마 특유의 그 호탕한 웃음소리. 우리 엄마는 내가 뭘 이야기하면 그렇게 잘 웃어줬다.

"그래서 나 지금 서울 가는 것도 알지?"

"하하하, 그럼, 알지요."

그렇게 웃다가도 엄마의 절약정신은 여지없이 발휘됐다.

"아이고, 돈 없으니까 빨리 끊어."

"아니야 엄마 이럴 줄 알고 나 동전 많이 바꿔놨어. 걱정하지 마요 헤헤."

"하하하, 그랬어? 하하하, 그래도 돈 아까우니까 얼른 끊어."

난 일부러 딴소리로 엄마 입을 막았다.

"엄마 나 내일 엄마가 사준 옷 입고 출근할 거야."

"그래? 하하하 하하하!"

엄마는 뭐가 그리 좋은지 연신 웃어댔다. 평소에도 난 엄마의 그런 웃음소리가 듣기 좋아서 시간 날 때마다 엄마를 웃기곤 했는데 이제 서울 가면 한동안 못 들을 거라는 생각에 애써 엄마를 웃기려고 일부러 애먼 소리도 했다.

"엄마, 나 나중에 서울 가서 서울시장도 할 거다!"

"하하하, 정말?"

그래도 우리 엄마는 아무 소리 안 하고 그저 웃어주었다. 난 지금도 그 통화가 자주, 그리고 많이 생각난다. 그만큼 우리 엄마의 독특하고 시원한 웃음소리는 중독성이 있었는데 그건 비단 나뿐만이 아니었다. 우리 동네 고산아주머니 역시 우리 엄마의 웃음소리 때문에 그 웃음소리가 듣고 싶어 우리 집에 마실 온다고 했다. 그리고 잘도 웃겼다. 일부러 오곤 했을 정도니까.

그렇게 주변 사람들뿐 아니라 그 옆에 만약 꽃이 있었다면 그 꽃을 다 깨우고도 남을 그런 웃음소리. 그 웃음소리 한 자

락 녹음 못 한 것이 못내 아쉽고 한으로 남았지만 그래서일까,
난 지금도 그때 엄마와의 통화가 못 견디게 그립다.

  그리고 한참이 지나서 2008년, 가을! 우리 엄마는 그 웃음
소리만 남기고 심장마비로 돌아가셨다.

아버님이 논산시장에 출마하셨을 때 어머니가 찬조연설을 하시는 모습

논산고등학교 3학년 5반 축구선수들

2장

청운의

시
절

내 어린 시절

° 내 어린 꿈

무슨 이유인지 모르게 난 어릴 때 일찌감치 진로를 정했다. 뭣 때문에 그랬는지 지금도 잘 모르겠다. 여하튼 나라를 구한다거나 독립을 위해 싸우는 사람들의 책과 이야기가 그렇게 좋았고 라디오에서도 관련되는 이야기가 흘러나오면 귀를 쫑긋 세우고 듣기 바빴다. 당연히 읽는 책들도 독립투사에 관한 책이 많았는데 안중근 의사, 유관순 누나, 윤봉길 의사 등의 열사들을 다루는 책들을 좋아했다.

하루는 라디오에서 김상옥 의사에 관한 드라마가 흘러나

왔다. 연속극 제목이 '폭탄의사 김상옥'이었던 것으로 기억한다. 난 그때도 여지없이 전념해서 듣고 있었다.

 "자, 조심해서 들고 가시오. 중요한 돈이니 각별히 조심하시오."
 "알겠소. 고생했소이다."

 독립군들의 작전이 나올 때면 난 내가 그 군자금을 나르는 독립군 비밀요원이라도 된 마냥 얼굴에 열이 오르고 심장이 쿵쾅대면서 한겨울 기차 타고 만주벌판으로 가는 상상을 했다. 그렇게 난 일찌감치 '독립투사'가 되기로 마음먹었었다. 아쉽게도 철이 들고 보니 이미 우리나라는 독립이 되고도 한참 지났다. 아니, 심지어 내가 독립투사가 되겠다고 열심히 라디오를 들을 때도 이미 경제성장을 하겠다고 고속도로가 신나게 깔릴 때라 나는 혼자서 헛물을 켜도 한참 켠 꼴이 돼버렸지만 말이다. 어쨌든 일찌감치 정한 진로대로 독립투사 못 되었지만 어릴 때부터 나라 사랑하는 마음이 조금 있긴 있었던 것 같다.

 초등학교 4학년 즈음으로 기억한다. 연산에 있는 관동고모네 집에 간 적이 있는데 소 먹일 여물을 써는 일을 굳이 돕겠다고 나섰다가 사단이 나고 말았다. 내 손가락 끝 한마디 중 절반이 나도 모르게 싹둑 잘려 나가 대롱대롱 매달렸다. 낌새를 눈치챈 고모가 먼저 휘둥그레 놀라서 뛰어왔다. 고모는 내 꼴을 보더니 아연실색했다.

"아니, 너 뭐 하냐?"
"고모, 방아쇠를 어떤 손가락으로 당기지?"

피가 철철 나는 그 순간에도 난 팔을 들고 총 방아쇠 당기는 흉내를 내고 있었던 것이다. 난 아프다는 생각보다 나중에 방아쇠도 못 당기면 군대 못 갈텐데 하는 생각이 앞섰다. 그런 내 마음을 아는지 모르는지 고모는 금새 쑥을 이겨다 내 손에 붙이고 헝겊으로 감아 주었다.

"아이고, 좀 팔 좀 내리고 가만히 있어 봐 이놈아!"
"고모. 나 나중에 군대 못 가면 어쩌지??"
"지금 군대가 문제야? 얼른 팔 안 내려?"

내가 좋아하는 안중근 의사 역시 단지(斷指)로 글을 썼으니 손가락이야 있거나 말거나 이래저래 난 독립투사가 되고 싶었을 뿐. 그렇게 말도 안 되는 이유로 한참 동안 고모와 옥신각신했던 날이다.

국민학교 5학년 때 웅변을 하는 필자의 모습

° 동창회

  하늘이 참 맑던 어느 날, 우린 만났다. 오리걸음에 유독 명
랑한 성격인 K. 얼굴도 희고 이도 하얀 H는 그래선지 하얀
사람 많은 미국에서 일하고 있다. 그리고 시대를 앞서가던
파마머리 S는 그의 머리만큼이나 파격적인 예술학교 교장. 또
의사가 된 J 등. 멋모르고 자라던 중학교 까까머리 시절 친
했던 내 친구들이다. 그 밖에도 지금은 사업에 여념이 없는
J, 제약회사를 다니던 또 다른 J, 방송국 사장까지 지낸 D.
공사에서 막 퇴임한 C.

  H가 앨범을 가지고 나오는 바람에 우리 모임은 타임머신
을 타고 과거로 흘러 흑백영화처럼 넘겨졌다. 그리고 여러
술잔이 돌았어도 창밖의 찬 공기는 우리들의 취기를 식히지
못했다.

  당시 우리 중학교는 읍내 변방에 있는 데다 샛강 뚝방 바로
아래에 자리 잡고 있었고 소전이 가까워서 장날이면 소가 울
고 경운기가 내달리는 소리에 공부하기 힘들 정도였다. 게다
가 운동장은 또 얼마나 작은지 백 미터 달리기를 할라치면 대

각선으로 달려도 거리가 모자라 나온 결과에 0.2초를 더해줘야 했고, 월말고사가 끝나면 전교생 성적을 2층 난간에 떡하니 붙여서 우리 작은 가슴들을 더 조마조마하게 만들곤 했다.

그런 우리들에게, 부적 아오리에서 통근하시던 이익배 선생님은 살면서 조심해야 할 것들을 일러주곤 했었다.

"잘 들어라, 남자는 모름지기 살면서 세 가지 부리를 반드시 조심해야 한다. 알겠느냐?"
"선생님, 그 세 가지가 뭔데요?"
"흠… 그건 나중에 고등학교 가면 알려주마."

그때는 그게 무슨 뜻인지 미처 몰랐지만 어쨌든 우리 연둣빛 눈동자들은 삼단 창문을 통해 저마다 꿈을 꾸곤 했다. 그 세월은 지금 우리가 모여 앉은 술집 문이 닫힐 때처럼 빠르게 흘렀다. 이제는 저마다의 창문으로 달려온 세월을 바라볼 뿐.
그렇게 신나게 과거와 현재를 넘나들던 우리는 결국 밤이 늦어서야 거나해진 몸을 악수로 부축하고 포옹으로 어루만지며 헤어졌다. 내 중학교 친구들 이야기다.

중학교 졸업, 엄마와 함께

° 골방에서

내가 뭘 해야 할지 어렴풋이 알게 됐다. 목표는 정해졌다.
우선 예비고사만큼은 꼭 보란 듯이 합격하고 싶었다. 아버지
가 여태 우리 형제들을 이렇게 키워내고 가르쳤다. 특히 아
버지 당신도 충남대 철학도 출신인데다 공직자로서 평생 품
위와 교양을 갖춰 살아오셨다. 뿐인가. 나 역시 늘 국어를 좋
아하여 선생이며 시인이 되기로 이미 마음을 굳힌 상태였다.
대학교 입학을 위해 골방에 틀어박혀 예비고사를 준비할
때 이야기이다. 난 스스로 채찍질을 하며 더욱 다짐을 굳혀

나를 증명해 보이고 싶었다. 먼저 좌우명을 정하고 책상 앞에 크게 써서 붙여놓았다.

'자기 구속과 통제로부터의 자유'

그리고 문방구에 가서 당시 켄트지라고 불리던 도화지 큰 걸 사다가 책상 위에 깔았다. 그리고 오른손 검지를 냅다 물었다. 어라, 이게 생각보다 뜯기질 않았다. 스스로의 결심을 증명하려고 혼자 준비한 성스러운 결단식인데 손가락에서 피가 나질 않았다. 난 몇 번이고 손가락을 물어댔고 결국 살점이 떨어져 나가면서 피가 흘렀다. 살이 이렇게 힘들게 뜯겨 나가는 줄 처음 알았다. 어쨌든, 난 그 피로 써내려갔다.

'목표를 향해 흔들리지 말고 나아가자'

그리고 소리 내어 읽었다. 나 스스로 진짜 사내가 된 느낌이 들었다. 다만 아쉽게도 그때 내가 썼던 그 혈서는 어디론가 없어져 버렸다. 그래도 국어선생이 되고팠는지 썼던 시 한 편은 남았다.

말해줄 것이다

대부분 학창시절 국어선생이
되고 싶다는 생각으로 새벽기차를
타곤 했다. 내 의지를 바꾸지 못하도록
소나무 숲을 지나
들길에서 누군가에게 그런 소망을
얘기하고 언제든지
국어는 자랑해도 좋았다.
그런데 어리석었다.
영어를 못해서 바라던 국어선생을 못하고
긴 방학만 그리워한 지 오래다.
국어를 잘해야 영어도
잘할 수 있다는 그때 하마선생님* 말씀을
너무 믿었기 때문만은 아니다.
지금 소용없는 일인 줄 잘 알면서도
저번 계절부터 영어를 공부하고 있다.
훗제 내 딸이 커서 국어선생이
되기를 희망해 오거든 국어보다
영어를 잘해야 모국어를 가르치는
선생님이 될 수 있다고 손을 만지며
말해줄 것이다.

* 당시 국어 선생님 별명

°북간도에서 온 시인

고3 때 처음 읽은 책이 한 권 있다. 『윤동주 평전』.

책을 보는 내내 마치 내가 어릴 때부터 꿈꿔왔던 일들이 그 책 속에 꾸물거리는 듯해 그 이틀 만에 몽땅 읽어버렸다. 그 이틀 동안 난 수업시간에도 평전을 끼고 살았고 뭔가에 홀린 듯했다.

그도 그럴 것이 난 어릴 때부터 희한하게도 기차 타고 만주벌판을 누비는 꿈을 종종 꾸곤 했었는데 윤동주가 바로 그 북간도 용정사람이라는 사실을 책에서 처음 알게 됐기 때문이다. 뿐인가. 그는 탁월한 천재에 하늘에서나 쓸 법한 시를 써내려가는 시인 아니던가. 아마도 이때쯤부터 나도 나중에 시인이 되겠다는 생각이 굳어졌을 것이다. 하지만 고등학생이었던 난 좀 더 현실적으로 생각하게 된 면도 있었는데, 적어도 시인이 돈을 잘 벌지 못하고 수입이 없는 편이라는 건 느낌으로도 알고 있었나보다. 그래서 좀 더 실용적인 생각을 해냈다. 바로 국어선생이 되는 것. 그렇게만 되면 생활도 되고 시도 쓰고 일거양득이 되리라.

하지만 실용적인 생각이 실제가 되기는 더 어려운 법. 난 대학교에 낙방했다. 시인이 되고 선생이 되려면 재수를 해야만 했는데 자식이 많은 게 염려됐던지 우리 엄마는 한사코 재수를 반대하셨다. 그렇게 시와는 영영 멀어지는 느낌이었다. 하는 수 없이 난 전문대 건축과를 골라 들어갔다. 내심 복안이 있었기 때문이다. 일단 학교를 다니면서 혼자서 공부를 더 해 다시 입시를 준비할 계획이었다.

그런데 건축과를 다니면서 알게 된 사람, 바로 유명한 시인 이상이다. 이상 시인 역시 건축과 출신이고 그가 '이상'이라는 필명을 처음 사용한 시 역시 그의 '건축무한육면각체' 아니던가. 우리 아버지가 태어나던 시기인 1932년 발표된 이 시는 그가 건축학도 출신임을 여지없이 보여주는 명작 중의 명작이다.

사각형의 내부의
사각형의 내부의
사각형의 내부의
사각형의 내부의 사각형.

사각이 난 원운동의
사각이 난 원운동의
사각이 난 원.

비누가 통과하는 혈관의 비눗내를 투시하는 사람.
지구를 모형으로 만들어진 지구의를 모형으로 만들어진 지구.
거세된 양말. (그 여인의 이름은 워어즈였다)
빈혈면포. 당신의 얼굴빛깔도 참새다리 같습네다.
평행사변형 대각선 방향을 추진하는 막대한 중량.
마르세이유의 봄을 해람한 코티향수가 맞이한 동양의 가을.
쾌청의 하늘에 봉유하는 Z백호. 회충양약이라고 쓰어져 있다.
옥상정원. 원후를 흉내내고 있는 마드무아젤.
(후략)

제목과 내용에서 알 수 있듯 '육면각체'는 당시 일본 제국
주의가 주로 써먹던 건축기법이고 그 결과물은 콘크리트 슬
라브 건축물을 의미한다. 당시의 화신백화점에서 모티브를
받아 썼다는 이 시에서 다만 이상은 이를 '건축무한'으로 표
현하며 그 자체로 불완전한 그들의 제국주의가 영원할 수 없
음을 은연중에 비판했던 것이다.

'그래, 나도 이런 시인이 되는 거야…건축도 하고 시도 쓰
고…'

어쨌든 난 여전히 독립투사는 될 수 없지만 말이다.

청년시절 쌍둥이 조카들과 함께

젊은 날
푸르름으로

° 걷고 절하고 감사하라

대학 시절 자취방과 하숙집을 전전하며 그렇게 다닐 때였
다. 오랜만에 먹골 집에 들렀다가 다시 막차를 타고 대전까
지 가야 할 참이었다. 그런데 문득 이런 생각이 들었다.

"까짓 거 걸어보자. 대전 하숙집까지 걸어가보지, 뭐."

아무 이유 없이 문득 걸어서 대전을 가보자는 생각이 들었
다. 무슨 용기가 들었을까. 어쨌든 난 그날 저녁을 먹은 후
먹골 집에서 출발했다. 대전 끄트머리 자양동 하숙집까지는
대략 60km 거리. 밤새 걸어야 했다. 난 서늘한 밤공기를 만
끽하며 걷기 시작했다.

그러다 어느 중간 산허리를 도는데 갑자기 부모님 생각이

서럽게 밀려왔다. 나는 부모님에게 어떤 사람인가, 내가 부모님에게 바란 만큼 부모님이 나에게 바라는 게 많았다면 나는 모자라도 한참을 모자라는 자식일 터.

생각이 여기까지 미치자 난 나도 모르게 길바닥에서 부모님 계신 논산 먹골 쪽으로 몸을 돌려 큰절을 올렸다.

"그래, 난 반드시 부모님 기대에 어긋나지 않는 사람이 되리라!"

밤공기는 찼지만 내 마음은 그 어느 때보다 뜨거웠던 밤이다.

대학 자취시절(집안동생 대기와)

˚내 시는 내 손으로

대학을 들어가니 기대와 달리 늘 희망차고 꿈에 부푼 나날들은 아니었다. 공부도 공부지만 심기일전 기분전환을 하고 싶었던 난 지금의 동호회 격인 교내 서클광고가 게시판에 걸려있던 걸 보게 되었다. 서예반이 눈에 들어왔다. 그래, 바로 이거야… 난 냉큼 서예반에 등록했다.

그런데 정작 서예반에 들어가니 이상하게 생각되는 게 있었다. 글씨를 갈고 닦아 붓글씨를 쓰는 건 좋은데 왜 하나같이 남의 시를, 그것도 한문으로만 쓰고 있었다.

"선배님, 왜 그런데 서예는 다 한문만 쓰는 걸까요? 한글은 연습 안 합니까?"

그 선배는 아무 말 없이 날 바라봤지만 거기에는 '서예는 그냥 당연히 한문을 쓰는 거야' 하는 눈빛이 담겨 있었다. 하지만 난 언제까지나 남이 쓴 시를 한문으로 옮겨대는 노릇만 할 순 없다고 생각했다. 그때부터 난 독야청청 혼자 한글을 쓰기로 마음먹고 서예연습을 해댔다. 그렇게 한글로 붓글씨를 익혀야 나중에 내가 시인이 되더라도 내 시를 내가 직접 쓸 수 있을 거라고 생각했던 것이다.

　얼마 전, 나는 내가 시를 지어 시인으로 등단도 하고 그 시를 직접 글씨로 옮기고 그림은 논산에서 활동하고 있는 화가에게 부탁해서 시화전도 했다. 그때 그 꿈이 현실이 되었다. 다만 가장 기뻐하실 부모님이 안 계셔서 그 설움이 컸다.

첫 작품 "바람은 마음없이 불고 물은 생각없이 흐른다"

°"감사합니다 1급!"

"감사합니다!"
"허허, 나 원 참."

초하의 녹음처럼 그렇게 푸르름이 짙던 시절, 난 대전 병
무청에서 신체검사를 받고 있었다. 별 이상이 없던 난 1종
현역판정을 받았는데 통지표를 받아들고 내 입에서 나온 첫
마디는 감사하다는 말이었다.

"감사합니다!"

힘차게 소리치고 돌아 나오는데 머리 뒤꼭지에 대고 판정
관이 소리치는 게 들렸다.

"야, 전민호! 1급 받고 감사하다는 놈은 내 평생 처음이다
이놈아!"
"하하, 감사합니다!"

난 기어이 뒤돌아 한 번 더 감사하다고 말하고 나서 병무

청을 나왔다. 사실 신체검사를 혼자 받으러 간 건 아니었다. 집안에 아저씨가 한 명 있었는데, 물론 항렬이 아저씨지만 나이는 내 또래였다. 우린 사이좋게 나란히 1급 판정을 받고 현역으로 입영이 결정됐다. 그런데 아저씬 훌쩍거리고 있었다. 나중에 알고 보니 그 아저씬 아버지를 부양하며 살아야 할 처지라 현역으로 입대하는 것이 다소 서운했던 모양. 하지만 그 옆에서 연신 웃고 있던 나는 현역으로 가는 것이 왜 그렇게 기뻤는지 모른다. 내가 현역 입대하기를 얼마나 학수고대 했는지 말해주는 이야기가 하나 더 있다.

그렇게 입대를 하게 되어 맨 처음 가게 된 곳은 다름아닌 논산훈련소. 집 근처라 그런지 더 푸근하고 편한 마음으로 훈련소 첫날, 간단한 신체검사를 받고 연병장에 도열해 있을 때였다. 멀리 익숙한 그림자가 하나 보이기 시작했는데, 자세히 보니 아버지였다. 보통은 훈련소에서 부모님이 보이면 작별인사를 하거나 안부가 궁금해 찾아왔겠거니 생각하기 십상이지만 난 달랐다. 난 겁부터 덜컥 났다.

'아, 아버지가 날 어디 다른 데로 빼시려고 그러나? 아니 이, 왜 오셨지? 혹시 날 후방으로 빼려고 하시는 거 아니야?'

사실 평소에 난 대한민국의 남자라면 무조건 군대에 가고, 고생도 잔뜩 해보고, 그러면서 나라도 지키고 애국심도 높이는 것이 너무나 당연하다고 생각하던 때였기 때문이다. 다행히 아버진 특별한 조치(?)를 취하진 않은 듯, 난 전방에 배치됐는데 그도 그럴 것이 당시 우리 아버진 논산군청에서도 민방위과 과장으로 재직하시던 때였기 때문이다. 지금이야 어림도 없는 소리지만 당시엔 사실 끗발 좀 있는 자리에 있을라치면 전화 한 통으로 자식 근무지를 바꿀 수 있는 시절이지 싶다.

　하지만 그런 얄팍한 사리사욕에 기대지 않는 우리 아버지 성격은 우리 자식들에게도 그대로 전해졌다. 결국 나뿐 아니라 우리 둘째 형님 같은 경우도 남들 다 가기 꺼리는 북파공작원 부대에 들어갔고 나머지 형제들도 모두 현역으로 제대했으니 정중동의 집안이라 할 수 있을 듯하다.

　결국 난 강원도 화천과 춘천 일대에서 근무하게 됐고 난 그마저도 못내 아쉬웠던지 상병 때쯤엔 전방으로 더 들어간 GOP 근무를 서게 해달라고 상관에게 졸랐다.

　"야 전민호!"
　"예, 상병 전민호!"

"상병이나 돼서 뭐 하러 거길 들어가려고 해?"

"대한민국 군인이라면 GOP 근무 한번 서 봐야 되지 않겠습니까?"

하지만 근무지가 그리 호락호락 바뀌지는 않는 터라 난 그저 일주일간의 GOP 파견근무로 만족해야 했다. 내가 상관이라도 나 같은 놈이 후임으로 들어오면 골치가 좀 아팠을 듯싶다.

화천댐 파로호를 바라보며

˚잘생긴 적송 아래 붓 하나

  내가 있던 곳은 강원도 중부지방의 댐 방어를 하는 포병부
대였는데 그래서인지 난 화천댐을 지키는 방공포대 초소에
서 근무를 서곤 했었다. 비교적 빡센 편이었는데 그래도 내
가 굴하지 않고 군생활을 잘 극복한 데는 이유가 있었다. 내
가 근무를 서던 초소는 화천댐을 바로 산 정상에서 지키는
곳이라 아침저녁으로 파로호 위에 물안개가 자욱하게 피어
오를 때가 한두 번이 아니었다. 초소에 서서 그 물안개를 보
고 있노라면 물안개가 발밑까지 밀고 들어와 마치 내가 구름
위에 떠 있는 듯한 착각에 빠지곤 했었는데 그럴 때마다 온
갖 잡념이 사라지고 시상이 마구 떠올랐다. 억압된 군생활에
도 시심을 잃어버리지 않았던 내가 고마웠다.

  군 생활이 그나마 재미있었던 일은 또 있었다. 부대에서
내가 붓글씨 쓰는 걸 알게 됐고 한때 난 차트병에 차출됐다.
당시는 각종 훈시나 대대장의 명을 큰 종이에 차트체로 쓰
는 게 주 업무였는데 난 일이 있을 때마다 매직이 아닌 붓으
로 차트 2~30장을 한 번에 쓰는 게 다반사였다. 나중에 하
도 쓸 일이 많아서 휴가 나왔을 때 집에서 쓰던 문방사우를

챙겨가기도 했었다. 글만 써도 그럭저럭 재미있었는데 그렇게 한 건 하고 나면 나에게 포상금이 주어졌다. 당시로서는 꽤 큰돈이었는데 난 포상금을 받으면 초소원 부대원들과 회식을 하곤 했었다.

그렇게 군 생활을 버티게 해준 내 문방사우를 말년에 난 무슨 생각에서인지 어느 잘생긴 적송나무 밑에 묻어두고 제대했다. 정작 그 문방사우가 궁금했는지 말로 챙긴 사람은 우리 엄마였다.

"민호야, 그 네 붓이랑 벼루 하며⋯ 다 어디 갔냐?"
"아, 그걸 화천댐 근처 소나무 밑에다 묻어놓고 왔습니다."
"무슨 나무?"
"소나무요. 적송나무."

핀잔이 돌아올 거라 생각했는데 정작 엄마는 "하하하, 그러냐? 너 언젠가는 그 소나무 덕을 볼 거여." 하며 웃어넘기셨다.

지금도 가끔 생각이 난다. 그 물안개와 뒤섞여 놓고 있을 내 문방사우. 붓은 썩었을 테지만 벼루며 먹은 그대로 있을 것만 같아 언젠가 꼭 한번 가봐야지 하면서도 그저 나이만

먹어버렸다. 그래도 그저 시인으로 등단도 하고 시집도 냈으
니 그 님 덕일까.

"그래, 소나무님, 내 벼루 좀 잘 품고 있어주오.
내 언젠가는 그대에게 꼭 다시 가리다."

필자를 시인으로 등단시킨 풀꽃시인 나태주 선생님과

° 붓 한 자루의 선물

1983년 10월. 군대를 막 제대한 난 곧바로 단식에 들어갔다. 여러 이유가 있었지만 아무래도 군대를 막 제대한 때가 가장 뜨거운 피를 지녔을 때가 아니던가. 여독이랄까 그간 군대에서의 묵은 때도 벗겨내고 살도 빼면서 의지와 각오를 새롭게 할 목적이었다.

난 먼저 책을 한 권 구입했다. 단식에 관한 책. 물론 혼자서 못할 것도 없었지만 책을 사는 순간부터가 일종의 의식이다. 나에게 다짐하는 통과의례다. 집에 와 책의 절식과 보식기간을 합쳐보니 16일짜리 프로그램이었다. 그 16일간 뭘 먹고 뭘 해야 할지가 차근차근 적혀있었다. 난 책이 시키는 대로 착실히 따랐다. 그런데 결과가 놀라웠다. 무려 10kg이 넘게 살이 빠진 것이었다. 그저 묵묵히 단식해야겠다는 일념 하나로 16일간 집중했을 뿐이다.

마침 다짐을 새롭게 할 수 있는 기회가 하나 더 생겼다. 아버지는 그때쯤 일본 출장을 다녀오실 일이 있었는데 돌아오는 길에 제대선물이라며 붓을 한 자루 사다 주셨다.

"민호가 제대하고 나서 하는 걸 보니 뭔가 단단히 마음먹은 모양이구나!"

아버진 대견하다며 연신 칭찬을 아끼지 않으셨다. 지금이야 다 자란 어른이 돼버렸고 부모님 모두 하늘에 가 계시기도 하니 한창 자라날 때는 부모님의 사랑이 좀 더 예민하게 느껴지지 않던가. 가만히 따져보니 군대 시절 아버지가 세 번이나 면회를 오셨던 걸 지금도 기억하고 있으니 나를 도전정신이 강하고 의지가 분명한 자식으로 여기셨던 듯하다.

"그래, 흐트러지지 말고 조금만 더 조여보자, 민호야!"

10kg을 감량했던 단식 모습

군대에 있을 때 아버님께 받은 편지

° 씨 뿌리는 마음

하지만 20대 청춘이 제대하자마자 골방에 틀어박혀 공부
만 할 수도 없는 노릇이라 난 틈틈이 TV를 보았다. TV에선
마침 국민 드라마 '전원일기'가 방영되고 있었는데 유심히 한
장면을 보게 됐다.

탤런트 김용건 씨가 했던 역할로 기억되는데 그 집 큰아들

은 군청 공무원. 공무원인 그는 평소 시 동호회 회원이었다. 어느 날 다방에서 시 낭송회를 열어 시를 낭송했다. 그러면서 부모님을 초대하는데 최불암, 김혜자 씨가 연기한 그 부모님은 시골에서 먹고 살기도 힘든데 뭔 시냐며 안 갈 것처럼 하다 그래도 아들 일이 궁금했는지 그 시골 다방에 방문하게 된다.

"제가 척박한 농촌의 현실을 모르는 바 아닙니다. 하지만 땅이 아무리 척박하다 한들 농부가 그 땅을 포기하지 않는 것처럼, 우리 사람들 마음속에 있어야 하는 시를 저는 포기할 수 없습니다. 농부들이 포기하지 않고 땅에 씨를 심는 마음으로 이렇게 자리를 마련했습니다."

큰아들은 대충 이런 대사를 했던 걸로 기억된다. 그때의 야릇한 희열은 지금까지도 잊혀지지 않는다. 지나고 보니 나 역시 공무원에 시인으로 지냈으니 어쩌면 그렇게 똑같이 씨를 뿌리는 마음이 드라마가 되어 내 눈앞에 나타난 것인지 못내 신기하다. 어쩌면 그때 내가 그 드라마의 그 장면을 본 것은 시인의 운명이 아니었을까.

'그래, 나도 아버지처럼 공무원 하면서 시를 쓰자.'

° **60대 1**

군대 제대하고 서너달 실컷 놀고 나서였다. 난 엄마한테
내 생각을 말했다.

"엄마, 나 서울 가서 공부할래."
"응? 갑자기 웬 서울?"
"일단 무조건 갈래. 서울 가서 공무원 할 거니까 걱정하지
말아요."

난 엄마한테 말 한마디 던져놓고 바로 짐을 쌌다. 일단 결
심하면 기어이 행동으로 옮겨야 직성이 풀리는 성격이라 한
시도 지체할 수가 없었다. 바로 서울로 올라갔다. 길동사거
리 뒷골목에 세림독서실이라는 간판이 눈에 들어왔다. 독서
실 이름이 맘에 들었다.

'그래, 여기서 먹고 자고 공부하는 거야'

무작정 뛰어올라가 먼저 한 달을 끊어놓고 공무원시험 준
비에 들어갔다. 닭털침낭 하나만을 사서 독서실에 들어간 나

는 그때부터 꼬박 열 달을 독서실에서 공부했다. 독서실 한쪽 구석에 보자기로 커튼을 친 채로 침낭을 깔고 잤고 밥은 사 먹는 걸로 대신했다.

그렇게 열 달을 거세게 공부하니 난 눈동자만 반짝반짝 빛나는 난민 수준이었다. 그러나 나름 패기로 미친 듯이 공부했지만 막상 시험 날이 되니 손에 땀이 나고 긴장됐다. 그런데 시험 감독관으로 들어온 사람의 말이 더 걸작이었다. 우리는 일순간 얼어붙었다.

"흠, 이 중에 아마 한 사람 정도 붙는다고 보면 맞을 겁니다."

난 교실을 둘러봤다. 우리 교실에서 응시하는 사람의 수는 눈짐작으로도 족히 50~60명은 돼 보였다. 난 고개를 갸웃하면서도 일단 그럭저럭 시험을 치렀다. 정작 놀란 것은 시험이 끝나고 막 나왔을 때였다. 그 큰 운동장에 어디서 사람이 왔는지 빼곡히 들어차 있었기 때문이다. 이제껏 한꺼번에 이렇게 많은 사람들을 보기는 처음이지 싶었다.

'아하, 아까 그 감독관이 한 말이 그냥 한 말은 아니구나…'

내심 걱정만 잔뜩 안고 독서실로 돌아와 다시 공부했다.

합겹자 발표일은 지나고 그렇게 며칠이 흘렀을까. 추운 겨울 저녁, 떨어졌을 거라 짐작하고 난 혼자 서울시청을 향했다. 난 맨눈으로 게시판을 연신 훑어내렸다. 혹시 내 이름이 있을까?….

있었다. 합격. 그런데 왜 그런 생각이 들었는지 모르게 내가 가장 먼저 향한 곳은 약국이었다. 그리고 난 약국에서 마스크를 한 장 샀다. 그 마스크를 쓰고 바로 옆 남대문부터 명동까지 온 시내를 훑고 다녔다. 마스크는 왜 샀냐고? 그래도 남들에게 미친 놈 소리는 듣기 싫었나보다. 난 마스크를 쓴 채로 하염없이 낄낄거리면서 웃고 다녔다. 내가 지금 생각해도 아마 마스크가 없었다면 날 보는 사람마다 피했을 정도로 난 연신 낄낄대고 하하거리며 좋아했다. 정말 추운 밤이었지만 난 그때만큼 나만의 행복을 느낀 날이 없지 싶다. 그렇게 온전히 서울에서의 내 밤을 즐긴 후에야 난 부모님에게 전화했다.

"엄마, 나 합격했어요!"

엄마의 호탕한 웃음소리가 "하하하" 수화기 너머로 들렸다. 나중에 알고 보니 그때 시험의 합격률이 60대 1이었단다. 어쩌면 난 그 감독관의 엄포에 더 신중하게 시험을 치렀던 건 아닐까 하는 생각을 해본다.

서울시 강동구청 총무과 근무시절

3장

공무원이

되다

이제부터는
나랏일

° 꽃에 꽃을 더했을 뿐

　그렇게 기쁨의 눈물로 시작된 서울시에서의 공무원 생활.

　당시 난 9급으로 시작했고 첫 근무지는 천호3동 동사무소에서였다. 내게 주어진 첫 업무는 천호대로. 당시는 86아시안게임을 앞두고 대대적인 가로 정비가 시행되던 때였다. 그중에서도 환경미화로 꽃길을 조성하는 사업이 있었는데 당시 천호대로는 개발지역이라 거리가 어수선했다. 그때 강덕영 동장님이 코스모스를 심으면 좋겠다는 제안을 했다.

　난 고민에 들어갔다. 그래, 좀 다르게 해보자 하는 생각이 앞섰다. 코스모스를 두고 오랫동안 생각했다. 번뜩 아이디어가 떠올랐다.

　'그래, 코스모스는 키가 크니까 뒤로 보내고 앞에는 키가 좀 작은 다른 꽃이랑 섞어서 심으면 훨씬 예쁠 것 같은데?'

난 바로 다른 꽃들을 알아보러 다녔고 고민 끝에 백일홍을 선택했다. 결과는 적중했다. 난 그저 조금 더 예쁘게 만들어 보고 싶었을 뿐인데 아시안게임 무렵에는 장관이었다. 칭찬이 자자했다. 그렇게 꽃길을 바꿔 놓고 며칠이 지난 어느 날 아침, 사무실에서 한참 일 보고 있는데 어느 분이 들어와서 어깨를 만지며 "당신이 전민호 씨야?"라고 묻기에 "예"라고 답했다.

강동구 천호3동 시절 천호대로 코스모스길 모습

강동구 천호3동 시절 천호대로 백일홍길 모습

그리고 며칠 뒤.

"와, 전민호 씨! 강동구청으로 발령 났는데?"
"에이, 놀리지 마세요…"
"정말이야! 이거 봐 봐."

정말이었다. 강동구청 총무과 동정계, 인사발령 전민호.
난 내 눈을 의심했다.

나중에 알고 보니 당시 김진욱 강동구청장이 내가 만든 꽃

서울 강동구 김진욱 구청장님께 사령장을 받는 장면

길을 보고 누가 한 건지 알아보라고 지시가 내려왔단다. 사무실에 온 사람들은 강동구청 인사계장이었고 사실 확인차 들렀던 것이다. 그렇게 시작된 강동구청에서의 내 공무원 생활은 그렇게 시작됐다.

° 도시행정에서 농촌행정으로

그러던 어느 날, 전화가 한 통 걸려왔다.

"어, 아버지? 별일 없으시죠?"

"그래, 별일 없느냐?"

당시 아버진 예산군 부군수로 일하고 있을 때였는데 대부분의 부모자식 간이 그렇듯 의례적인 인사말이 오가고 그저 안부를 묻는 전화라고 생각했다. 그런데 아버지가 물어왔다.

"혹시 그… 서류 한 통 안 갔냐?"

"네? 무슨 서류요? 뭘 보내셨어요?"

"서류 한 통 보냈으니까 여기 논산에 와서 근무하면서 집을 좀 지켜라 네가."

아버지는 날 논산으로 부르고 싶어 하셨다. 여하튼 아버지는 논산의 생가도 지킬 겸 어차피 하는 공무원 생활, 논산에서 하는 게 더 의미 있을 거라는 말씀도 잊지 않으셨다. 사실 서울에서의 공무원생활이 아무 불편함이 없고 이제 어느 정도 적응도 됐던 시기라 난 적잖게 당황했다. 며칠을 곰곰이 생각해봤다. 아버지가 아무 이유 없이 날 부르는 것은 아니라는 생각이 들었다. 난 그저 아버지 말씀에 순종하기로 마음먹었다. 그리고 난 1989년 4월 1일자로 논산군청 내무과로 새로 발령받았다. 서울에서 단단히 훈련받고 고향으로 내려온 셈이랄까. 새로운 기분이 들었다.

아버지랑 어릴 때 같이 살던 생가로 아내와 어린 딸이랑 들어갔다. 아버진 예산군이 제공한 관사에서 기거하시느라 우리 집은 비어있었다. 짐을 옮기고 보니 마음이 묘했다. 한편 설레면서도 내가 논산에서 뭘 할 수 있을까 하는 기대와 걱정이 교차했다. 허나 가만 생각해보니 '고향을 가꾸는 일이 곧 내 나라를 가꾸는 일'이라고 종종 이르시던 아버지 말씀이 생각났다. 이내 마음의 갈피를 잡았다..

'그래, 내가 논산시민들을 위해서 일하는 것이 곧 아버지에게 효도하는 길이 아니겠는가.'

이때부터 꼬박 30년을 논산에서 일했고, 결과적으로 난 논산에 대해 속속들이 알게 됐으며 그 덕에 이제 논산을 위해 더 큰 일을 하려고 준비하고 있으니 이 모든 게 다 아버지 덕이라는 생각이 들 뿐이다.

아버님 前上書

논산군청에 있을 때 아버님께 보낸 편지

아버님 비문

° 우리는 영락없는 부자(父子)요 부자(富者)

'사랑하는 내 가족, 행복과 건강만을 하나님께 기도한다. 엄마가'

울 엄마가 막내딸에게 보낸 편지글에서 따온 말이다. 그리고,

'나는 부자(富者)다.'
'고향을 가꾸는 일이 곧 나라를 가꾸는 일이다.'

아버지가 쓴 글이다. 어느 날 아버지 별세 후에 집 정리를 하다가 아버지가 쓴 일기장 6권이 나왔다. 제목까지 근사하게 〈나의 생애〉라고 쓰여 있었다. 나는 일기장을 읽었다. 아버지의 자서전 같았다. 여러 글이 있었는데 그중에서도 유독 눈에 더 들어온 글귀 하나가 있었다.

'가난한 대학생에게 시집온 아내는 시할머니, 시아버지, 시어머니 층층시하에서 효를 다했고 논농사, 밭농사, 과수원 농사일을 홀로 했다. 아해들을 여섯이나 낳아 기르고 기저귀 천 하나를 사서 쓰지 아니했으며 헌 옷을

기저귀감으로 하고 헌 이불을 고쳐 포대기로 썼다.

 고향을 가꾼다는 것은 나라를 사랑하는 것과 같다. 내 고장을 아름답게, 인정어린 마음으로 이웃을 사랑하고 도와야 할 것이다. 나는 부자이다. 아들 오형제 딸 하나. 서로 우애있고 열심히 살아서 사회에 나라에 바쳐라. 그 빛은 너희와 나에게 돌아오리라."

– 전일순의 〈나의 생애〉 중에서

 그래서 난 엄마의 편지글과 아버지의 일기 구절을 아버지 비문에 그대로 옮겨 새겼다. 그러면서 동시에 내 마음에도 새겼다. 나 역시 아버지처럼 부자인가 보다.

아버지의 6권 일기장 〈나의 생애〉

나는
기획통이다

° 현장부터 만들어라

1993년 즈음이다. 지방자치제도가 막 시작되던 때였다. 고향에 오길 잘했구나 하는 생각이 들면서 마음이 편해졌다. 물론 서울도 좋겠지만 지방자치니까 내 고향에서 고향을 위해 일하는 일이야말로 내 생애 가장 보람 있는 일이 될 것이다. 그래서인지 난 오히려 이때부터 더 애향심이 생겨났고 그래서 일에 더 열심이었다. 부서를 옮길 때마다 성과를 내기 위해 노력했고 창의적으로 일하려 했다.

그중에서도 너는 어느 쪽이냐 누가 묻는다면 나는 기획 쪽이다. 다시 말한다면 동료들이 「기획통」이라고 했다. 판을 깔고 일을 벌이고 제목만 주어지면 10페이지 이상 기획서를 바로 쓸 수 있다. 그래서 나는 기획통이다. 기획은 모든 일의 기본이다. 기획이 있어야 예산이 편성되고 일이 추진되는 법이다. 아무리 예산이 많아도 제대로 된 기획이 없으면 소용없기 때문이다.

1996년 논산이 시로 승격되며 시민헌장이 따로 필요한 시점이었다. 바로 기획에 들어갔다. 먼저 지역에 추진위원회를 구성해서 헌장을 만들고 상징탑을 세웠다. 지금도 시민헌장에 참

논산시민헌장과 상징탑

여하신 김영배 선생님과 권선옥 선생님, 위원님들 상징탑을 만들어준 김영수 조각가님이 한없이 고맙다. 그때를 생각하면 나도 대견해진다.

논산시민헌장

대둔산과 금강이 어울려져 들이 넓고 기름진 논산은 계백의 혼이 살아있는 충절과 예학의 고장이다.

우리는 이를 긍지로 삼아 인심 좋고 풍요로운 이곳에서 꿈을 펼치며 산다.

하나. 우리는 빛나는 전통을 이어받아 앞서가는 문화를 창조한다.

둘. 우리는 슬기로운 마음을 모아 활기차고 정답게 살아간다.

셋. 우리는 산과 들을 잘 가꾸어 숲이 우거지고 맑은 물이 흐르는 삶을 만든다.

넷. 우리는 밝은 내일을 위하여 부지런히 일하고 알뜰하게 생활한다.

다섯. 우리는 내가 사는 논산을 사랑한다.

° 국방대학교를 옮겨라

2006년은 내가 기획계장으로 근무할 때였다. 그때 내가 중점을 두고 추진했던 일은 바로 경기도 수색에 있는 국방대학교를 논산으로 유치하는 일. 그러나 시작부터 난관에 부딪혔다. 이미 국방부장관, 충남도지사, 국가균형발전위원장, 건설교통부장관 등 넷이서 그 자리에 존치하는 걸로 사인하고 끝나버렸다. 원래 이 국방대학교를 옮기는 건 대통령 공약이었는데 무산된 셈이 돼버렸다.

처음엔 논산시에서도 유치전략을 펴며 당시 이완구 충남도지사도 적극적으로 나섰으나 이 내용을 안 뒤로 소극적으로 바뀌고 끝내 도청에 있던 유치단마저 해산됐다.
난 이 과정을 당시 임성규 시장에게 보고했다.

"우리가 작전을 다시 짜야겠습니다."
"이미 정해진 일인데 이게 바뀌겠나?"
"일단 저에게 맡겨주십시오."

난 작전명을 '올코트 프레싱'으로 정했다. 말 그대로 전방

위 압박. 공문 이름부터 '올코트 프레싱'으로 박아넣고 1인
시위계획을 세웠다. 그리고 바로 시민들과 1인시위에 돌입
했다. 당시 국방대 위치 이창구 추진위원장을 필두로 매일
새벽 서울에 있는 국가균형발전위원회에 올라가 아침 8시부
터 오후 3시까지 어김없이 피켓을 들고 시위에 나섰다. 그렇
게 몇 달을 움직이자 충청남도청에서 먼저 움직이기 시작했
다. 그러자 기적처럼 국가균형발전위원회에서도 흔들리는

조짐이 보였다. 결국 꺼져가는 불씨가 되살아났다. 그리고 얼마 후 우리 논산시 양촌면에 국방대학교를 유치하는 데 성공했다. 참으로 많은 분들의 성원과 열정이 빚어낸 결과 였다.

° 황산벌에서 전투하라

물론 이미 백제문화제는 열리고 있었다. 다만 아쉬운 점이 있었는데 격년으로 부여시와 공주시만 돌아가며 개최하고 있었다는 점이었다. 나는 그게 영 못마땅했다. 바로 관계자들을 만났다. 예상한 대로 저항은 심했다.

"우리 부여가 계백 장군의 고향 아니오. 뭐가 문제입니까?"
"황산벌 전투가 일어난 곳이 어딥니까? 바로 여기 논산 아닙니까?"

그렇게 일단 개최지의 자격을 얻어냈는데 난 거기서 그치지 않았다. 당시 문화제는 행사내용이 너무 뻔했다. 뭔가 새로운 게 필요했다. 고심에 들어갔다. 뭐니뭐니해도 논산은 계백 장군이 잠든 곳이고, 황산벌 전투가 일어난 곳이다. 그래, 황산벌 전투! 난 무릎을 쳤다. 사람들을 동원해 황산벌 전투를 실감 나게 재연하면 역사도 알리고 재미도 더하는 작품이 하나 나올 듯싶었다. 마침 충남도에서도 그런 작업이 진행되어 공통분모가 생겼다. 바로 기획에 들어갔다.

기획이 고비를 넘어갔다. 먼저 연기가 필요한 장군 역엔 용역을 주어 전문배우들을 섭외하고 군사들은 관내의 고등학교 학생들을 섭외했다. 동원 인원도 1,346명으로 맞췄는데 황산벌 전투가 있던 해(660년)를 기념하고자 한 것이다.

2006년 당시 하기수박사가 추진위원장을 맡았고 부위원장에는 이창구 회장님의 노고가 많았다.

당시 이완구 충남도지사는 황산벌전투 재현을 보고 난 후 극찬하였다. 난 지금도 그때를 생각하면 설레고 흐뭇할 뿐이다.

황산벌 전투 재현 때 팀장으로서 시가지 행진을 지휘하는 필자

황산벌 전투 재현

논산에 살어리랏다

° 논산시민공원을 허하라

2007년의 일이다. 당시 논산에는 이렇다 할 시민들의 쉼
터 자체가 없었다. 고민 끝에 난 공설운동장 근처 다랭이논
을 활용하면 멋진 시민공원이 되겠다는 생각이 들었다. 스케
치를 잘하는 신라엔지니어링 김대표를 불렀다. 서로 반야산
을 오르내리며 몇일간 작업을 해서 그림을 그리고 계획서를
만들어 시장님에게 찾아갔다. 내가 누군가. 바로 그림을 그
리고 계획서를 만들어 시장님에게 찾아갔다.

"물론 발상은 좋은데, 이게 공간이 너무 협소하지 않을까?"
"아닙니다. 육안으로는 작아 보이지만 여길 쫙 펼쳐놓고
정비한다고 생각해보십시오. 얼마나 큽니까? 그리고 전 이
게 시작에 불과하다고 생각합니다."
"뭐가 또 있남?"

당시 임성규 시장님은 구미가 당기는 눈치였다. 난 물 들
어올 때 노를 더 저어버렸다.

"그럼요. 저는 반야산 전체를 논산시민공원으로 구상하고

있거든요."

"아니, 전 계장, 그게 뭔 말이여? 다시 말해봐요."

"네, 어차피 반야산은 전체가 공원부지로 묶여있어서 다른 용도로는 활용 안 되잖습니까. 그럴 바에야 토지주들의 사용 승낙만 받아내서 반야산 전체를 공원화할 수 있다는 말씀입니다. 부지가 이게 적게 잡아도 20만 평입니다. 20만 평!"

"가만 있어 봐… 이거 뭐 그림 하나 나올 것 같은데? 좋아, 추진해요!"

난 바로 착수했다. 다랭이논 부지 4만여 평을 먼저 시 예산으로 구입하고 나머지는 사용승낙만 받으면 되는 일이었다. 바로 부지를 매입하려고 거기까진 순조로웠는데 아뿔싸, 아쉬운 일이 생겼다. 내가 기획계장에서 취암동 동장으로 승진발령 나는 바람에 끝까지 내가 직접 추진하지는 못했다. 결국 후에 산림과에서 맡아 공원이 되기까지 10년에 걸쳐 완성되었다. (현재 시민공원)

논산시민공원

˚ 놀뫼공우회를 살려라

　그런데 또 발령이 새로 났다. 그래도 옮길 때마다 발탁인 사라서 감사한 마음으로 다녔다. 취암동장으로 발령 나자마자 몇 달이 안 돼서 서울 좀 가야겠다는 이야기가 들려왔다. 공무원 초입시절 서울에서 공무원 생활이 바탕이 됐는지 바로 서울사무소장으로 발령이 났다. 당시 취암동에서 해야 할 16가지를 메모해서 시장님께 발령을 보류해 달라고 했으나 소용이 없었다. 당신이 적임자라는 답만이 돌아왔다.

　오랜만에 서울에 다시 근무하게 된 셈이다. 어떤 일을 해야 할지 살펴보다가 반드시 해야할 일 흥미로운 점을 한 가지 발견했다. 원래 서울에는 중앙부처에서 일하는 공무원 중 논산 출신들만 모이는 일종의 친목회가 하나 있었는데 이름하여 놀뫼공우회다. 그런데 이 모임이 한동안 잘 유지됐다가 결속력이 약해지고 주도하는 사람이 없다시피 하면서 오래 전 해체됐다는 사실을 알게 됐다.
　난 이 조직을 다시 살려야겠다고 마음먹었다. 어차피 서울에서 일하려면 국회를 들어가고 중앙정부를 들어가서 사람 만나고 예산 따내는 것이 내가 할 일인데, 그러려면 인사가

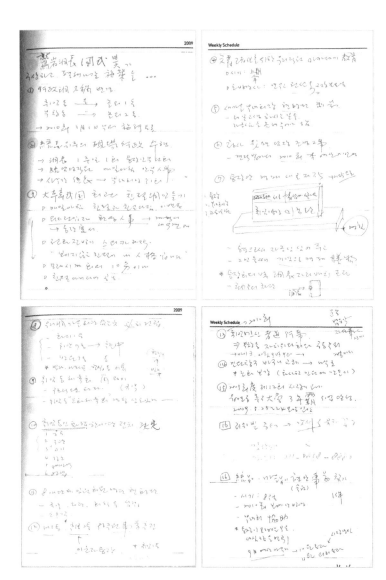

취암동장 시절 하고 싶었던 일 메모장

만사라고 우선 사람부터 사귀어야 했기 때문이다. 논산이 고양인 소방방재청 정근영 대변인의 헌신적인 도움을 받아 발에 땀이 나게 돌아다닌 끝에 결국 2009년 7월 7일, 그 첫 모임을 개최했다. 서울 프레스센터에서였는데 논산 출신 장관만 4명이 모였다. 그리고 첫 모임이 끝나는 대로 그들을 전부 논산으로 초청하는 논산투어를 일정을 잡아 진행했다. 그리고 논산시청에서 그들에게 업무보고를 하는 동시에 고향에 대한 자긍심을 일깨우려고 노력했다. 반응은 매우 좋았다. 이후 후임자들이 일하는 데 수월했음은 자명한 일이다.

재경놀뫼공우회를 재건하고 감사패를 받는 필자

재경놀뫼공우회 총회사진

논산의 보물 대둔산에서

4장

작은 곳,

작은 것부터

연무읍장으로
일선에서 함께하다

° 연무읍장 발령

2012년 7월, 난 다시 연무읍 읍장으로 발령받았다. 아니, 정확히 말하자면 내가 자청했다.

그 무덥던 여름날, 난 아침부터 서둘러 조촐하게 마련된 취임식장으로 향했다. 말이 조촐이지 거의 2백 명 정도 참석했는데 동네 이장님과 부녀회장님은 물론이고 내 지인과 친구 친지들, 선후배까지 많은 분이 오셨다. 난 손수 써내려간 취임사를 간결하고 소신 있게 밝혔다. 그 어느 때보다 당당하고 기분이 좋았다.

오늘 부임인사에 엄마 아부지도 계셨으면 얼마나 좋아했을까? 엄마 아부지 사진을 책상 위에 올려놓고 나에게 다짐했다. 엄마 아부지한테 부끄럽지 않게 하기 위해서라도 내 모든 열정과 정성을 다해 일선에서 주민과 소통하고 가슴으로 행정을 펼쳐나가리라.

이렇게 다짐과 결의로 나의 읍장생활이 시작되었다.

필자가 아버님께 보낸 편지

현장행정
실천하기

° 열린읍장실 개방 - 읍민과의 소통공간

읍장이 되고 첫 번째로 읍장실을 개방했다.

읍장실이 커피숍이 되고 상담실이 되어 읍민과의 소통에 가장 가까이 자연스럽게 다가가는 공간이 되었다. 여름에는 문 두 개를, 겨울에는 문 하나를, 열어놓고 근무를 했다. 그러다 보니 구석구석 마을의 어르신들이 찾아 주셨고, 마을의 대소사부터 큰 행사에 이르기까지 늘 함께할 수 있었다.

나는 우문현답이 행정이란 지론을 갖고 있다. 현장에 답이 있다는 내 나름대로의 행정관이다. 우문현답은 우둔한 질문에 현명한 대답이라는 뜻이지만 내 해석은 '우리의 문제는 언제나 현장에 답이 있다'는 것으로 직원들에게 자주 이야기하곤 했다. 그러기에 더 분주하게 뛰어다녔던 것이다.

오전 일찍부터 민원처리 결재 건이 하루 59건, 내방객 미팅, 민원전화 등 오줌을 누지 못해 방광이 아파야 화장실을 갔다 오게 되는 상황도 다반사였다. 너무도 바쁜 시간에 하루해가 짧다고 느껴질 정도였다. 하지만 내방하시는 읍민들이 읍장실 개방에 너무도 좋아하셨고 격의 없고 편견 없이 내 아들처럼 형님 동생처럼 생각해 주시는 마음에 감사하고 늘 읍민과 함께 웃고 울며 지낸 시간이 생생하다.

° 소룡리 둘레길 성공, 마산천 가꾸기 프로젝트

생각하고 개발하라!

연무의 환경은 좋은 곳이 너무도 많은데 편의시설이 부족했다. 사람들이 접근하기 좋게 만들고 싶었고 환경을 침해하지 않으면서 힐링을 하고 치유를 하는, 자연과 사람이 공존하는 아름다운 연무로 거듭나야 된다고 생각했다. 그렇게 아름다운 곳을 찾아 선택한 곳이 소룡리산이었다. 소룡리산에 둘레길을 조성했다. 반응은 너무 좋았다.

너무도 기분 좋아 산불감시단 분들, 산업계 직원들과 함께 소룡리 비녀봉에 올라보니 많은 사람들이 오고 간 흔적들로 제법 길도 다져졌다. 우리는 군데군데 습한 곳들은 톱밥도 깔아주고 함께 일하며 땀도 흘렸다. 편백나무 숲 들마루에 잠시 몸을 기대니 흘린 땀방울의 값진 보상이라도 되듯 시원한 물소리가 들리고 새들의 지저귐과 피톤치드의 공기가 온몸을 정화시키고 치유와 힐링의 짜릿함을 느끼는 시간이었다. 소룡리 둘레길이 행복을 주는 산책로가 되었다.

그간 하산길이 안전사고에 노출되어 있어 여기서부터 약수터와 주차장까지
산주의 허락을 받아 둘레길을 개발하였습니다. 아직 흡족하진 않지만 여름엔 양지를
피하고 사철 물소리를 들으며 내려갈 수 있도록 배려했습니다.
앞으로 고개를 들어 아름다운 등산로가 될 수 있도록 조성해 나가겠습니다.
누군가가 길을 내면 그 길이 세월 따라 문화가 됩니다.
이 길 위에서 치유와 사색의 숲길이 되시길 바랍니다.
– 2013년 겨울 연무읍장 절

소룡리 둘레길 들마루쉼터가 성공적이었기에, 또 하나가 생각났다. 일명 '마산천 가꾸기 – 환경정화 프로젝트'

100만 명의 외래객이 찾아오고 헤어짐의 눈물과 만남의 기쁨이 공존하는 곳, 2만여 명의 혈기 왕성한 장정이 뛰고, 달리고, 구르고, 젊음의 성장동력이 되는 곳, 젊은 시절을 회상할 수 있는 시간 속에 마산천 물소리가 맑은 음율이 되고 둑방길의 산책로가 또 하나의 선물이 되는 마산천 환경정화 가꾸기, 프로젝트는 계획과 실천과제로 남겨진 일이다. 이처럼 환경을 살리는 일은 지금도 앞으로도 계속 이어져야 하는 크나큰 과제이기에 마무리가 되지 않았지만 중요성을 알고자 남겨진 숙제라고 글을 쓴다.

° 기관단체장 모임 – 이름부터 바꾸자

첫인상이 중요하듯 모임도 이름과 장소가 무척 중요하다.

영화, 책, 행사 등도 제목, 즉 타이틀이 얼마나 중요한지는 누구나 알 것이다. 제목에 따라서 그 내용과 성격 등의 모습을 짐작할 수 있기 때문이다. 나름 복안을 가지고 기관장모임에 들어갔는데 매번 읍장실에서만 열리는 것이다. 난 이렇게 하면 안 되겠다 생각하고 한정된 장소에서만 해왔던 것을 바꾸자고 했다.

각 단체 기관장 사무실에서 하는 것으로 장소를 바꾸고 이후에도 중학교, 119소방센터 등으로 장소가 바뀌니 기관의 상황도 알게 되고 정보공유의 좋은 이야기들이 오가게 되었다. 모임의 이름도 바꾸어보자고 제안하여 연무의 연, 마음 심의 〈연심회〉로 재탄생되었다.

이후 연심회는 8개 학교에 장학금을 주는 것으로 마음을 모았고 장학금을 주는 기준을 달리했다. 1등에게 주는 것이 아니라 꼴찌에게 장학금을 주는 것을 통해 학생 스스로 놀라고 분발하도록 하자는 취지에서 너무도 역발상의 전환이 기억에 남는 일이다.

° 민·관·군 공동발전협의회를 구성하다

내가 생각하는 공직자의 5대 덕목이 있다면 이것이다.

첫째: 친절이다. 눈에서의 친절

둘째: 친절이다. 몸에서의 친절

셋째: 친절이다. 가슴에서의 친절

넷째: 청렴이다.

다섯째: 창의다.

친절로부터 모든 행정이 혁신되어야 한다. 친절은 몸과 마음에서 우러나오는 것뿐만이 아니다. 행정의 모든 분야를 친절 즉 배려의 마음으로 만들고 고치고 다듬고 그 방향으로 몰고 간다면 혁신이 오고 융합이 되고 통섭이 어우러진다.

효율적인 지역발전을 위해 우여곡절 끝에 민관군 공동발전협의회를 구성했다. 뜻깊은 일이다. 특히 역대 어느 훈련소장보다 우리 읍을 살펴주고 지역 주민들과 소통하고자 노력한 김정호 소장의 노력이 있었기에 가능한 일이었다. 지면을 빌어 깊은 감사를 드린다.

민·관·군이 함께 지역을 걱정하고 상생의 방향이 무엇인지를 같이 고민하고 소통과 융합과 통섭의 전진기지가 될 협의회가 처음 만들어진 셈이다.

민·관·군 협의회

° 희망 연무 2063의 기적

연무는 61년 훈련소가 들어서고 63년 1월 1일 면과 면이
병합해서 연무읍으로 탄생되었다. 한때 3만 6천여 명의 인
구가 1만 6천 명으로 감소한 가운데 연무읍이 50이라는 지
천명을 맞았다. 그런데 아직도 소외되고, 고단한 삶을 살아
가는 사람이 200세대가 넘는 것이었다.

복지를 연무읍 스스로 해결해보자는 취지로 내가 시작한

사업이 하나 있는데 '희망 연무 2063'이 바로 그것이다. 연무읍 승격 100년 해인 2063의 의미를 담아 1인 1계좌를 원칙으로 하면서 2063원을 모금한 성금으로 삶의 희망을 주자는 것이다. 고심 끝에 관내 6개 금융기관을 돌아다녔다. 희망연무 2063 기탁신청서를 간소하게 해서 협조해달라는 당부였다. 6개 기관이 모두 흔쾌히 그러겠단다. 너무 고맙고 감사했다.

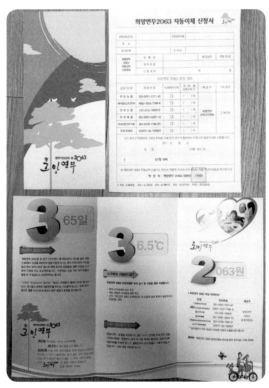

희망연무 팸플릿 신청서

이곳 연무는 『은교』의 작가 박범신 선생의 고향이다. 연무체육공원에서 출발하는 고향땅 걷기 운동에서 작가를 만나게 되었고 작가님은 견훤왕릉 출발지에서 한 말씀 하셨다.

"같이 걷되 혼자 걷고 혼자 걷되 여럿이 걷는 거 아니겠소. 자기만의 추억 속을 들락날락거리면서 걷는 것이 바로 고향땅 걷기란 말이지."

나는 이후 박범신 작가님을 찾아가 희망연무 2063의 홍보단장을 해줍사 부탁드렸다. 박범신 작가님은 흔쾌히 허락해 주셨다. 희망 연무 2063이 첫 단추를 꿴 셈인데 운영위원도 위촉했다. 복지 사각지대를 스스로 해결하는 놀라운 기적의 시작이요 탄생이 바로 '희망 연무 2063'이다.

° 김세레나 노래비를 세우다

우리 논산의 자랑, 민요가수로 유명한 가수 김세레나는 연무 출신이다. 하지만 김세레나의 노래비를 제막하기까지 순탄하기만 했던 것은 아니다. 특히 재경향우님들의 도움 없이

김세레나 노래비 건립식에서 비문을 읊는 필자

는 이 노래비는 세워지지 않았을 것이다. 남상원 형님이 주도하시고 유길상 회장님, 여칠식 국장님, 향우회 부회장님들의 협조와 우리 지역 지도자들의 성원도 한몫했다.

그저 읍장에 불과한 사람에게 글과 글씨를 맡겨오니 더욱 성의 있게 정성을 들였다. 자연스러우면서 멋내지 않아도 멋이 배어있는 글씨를 쓰려고 그런 가짐으로 썼다.

'인생은 짧았고 아름다웠다'고 토지의 박경리 작가도 시로 남겼다. 내 글씨도 내가 죽은 뒤에 거기 있을 것이고 바라보는 사람을 바라볼 것이다. 돌아온 길을 굳이 되짚어 보지 않아도 인생은 짧다.

많은 노래비를 보았지만 가만히 지켜보고 있자니 절로 노래가 나왔다.

김세레나 노래비

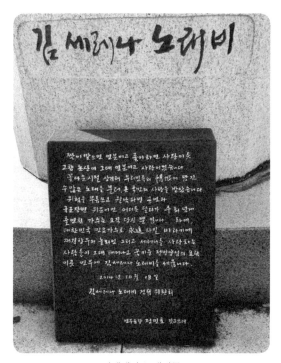

김세레나 노래비문

짝이 맞으면 연분이고 좋아하면 사랑이듯 고향 논산이 그대 연분이고 사랑이었습니다. 꽃다운 시절 상경해 우리민족의 情恨이 담긴 수많은 노래를 불러 온 국민의 사랑을 받았습니다. 위험을 무릅쓰고 월남파병 공연과 국군장병 위문이면 어디든 달려가 수 회 넘게 출연한 가수는 오직 당신 뿐입니다. 하여, 대한민국 민요가수로 永遠하길 바라기에 재경향우와 놀뫼인 그리고 세레나를 사랑하는 사람들이 그대 태어나고 꿈 키운 정병양성의 요람 이곳 연무에 김세레나 노래비를 세웁니다.

2014년 10월 18일
김세레나 노래비 건립 위원회
연무읍장 전민호 짓고쓰다

° 연무읍 친절도평가 1위

　연무읍으로 신규공무원 3명이 첫 발령을 받았다. 신규공무원 3명에게 "공부하느라 애썼다!" 위로와 축하를 해주었다. 그리고 내가 생각하는 공직자의 5대 덕목은 친절이라고 이야기했다. 우리 공무원이 친절로 다가서고 주민과 동화되어 일 잘하는 공무원이 되어야 한다고 강조했다.

　마을행사에서 읍장이 뒤에 앉거나 서거나 해도 읍장이다. 어르신들이 앞자리에 앉게 하고 진정한 지역 지도자들은 섞어 앉아야 한다. 이러한 문화가 정착되어야 된다고 생각하기에 내가 앞장서서 의전문화를 바꾸기로 하였다. 권위는 권위와 권위주의를 내던질 때만이 획득할 수 있는 민심의 선물이다.

　읍장으로 발령받고 첫해 친절평가에서 3위를 했고 그 다음해에 1위를 하는 쾌거를 거두었다. 공무원과 읍민의 소통과 융합의 한목소리 덕분에 이루어진 결과라고 생각한다.

° 주민자치 시대가 열렸다

진정한 풀뿌리 민주주의 실현이 주민자치를 활성화시키는
것이다. 주민자치 위원회를 열어 환골탈태해야 한다는 심정
으로 말씀드렸고 바야흐로 주민자치 시대가 왔다.

계모임 형식을 진정한 주민자치로 바꾸고 지역발전을 도
모했다. 전국 최초 주민자치위원을 공모했다. 3개 분과를 나
누어 진행되었다. 연무읍장 재직 중 전국 최초 주민자치위원
회 공모제의 이름을 알렸다.

° 역발상의 해넘이 행사

해마다 정초가 되면 해맞이 행사는 관내 여러 읍면동에서
우후죽순 진행한다. 이에 나는 해맞이 행사를 하는 관례를
깨고 해넘이 행사를 진행했다. 신화벌판으로 지는 저녁노을
은 참으로 자연이 연출하는 황홀한 풍경이다. 평온한 마음
으로 내일을 기다리게 만든다. 나의 간절함이 통했는지 그해
해넘이 행사엔 천 명에 육박하는 사람들이 몰렸다. 역발상의

기획이 연무읍장을 마무리하는 인사로 대신하는 것 같다.

　슬픔이여~ 아쉬움이여~아픔이여~
　지는 해에 모두 실어 넘어가라!!

　꿈과 희망의 새날이 행복의 선물로 축복받을 것이다.
　연무읍장으로 3여 년의 재직기간 동안 열정과 혼신을 다
해 내 나이 53을 마무리하고 시청 전략기획실장으로 발령
받았다.

5장

논산
시청에서
공직을
마무리
하다

° 논산시 브레인, 전략기획실장으로 보직을

2년 7개월간 연무읍장의 일선 행정을 마치고 논산시의 브레인과 선장 역할을 해야 하는 전략기획실장으로 전보되었다. 내 주특기를 찾아온 것 같아 의욕이 생기고 설레기까지 했다.

전에 나는 기획계장으로 4년간 일하면서 기획실의 역할과 기능을 잘 알고 있었다. 막힘이 없었다. 공직자는 기획에 강해야 한다. 일반적인 행정 말고는 모든 업무가 기획에서 출발해야 한다. 특히 기획도 중요하지만 전략이 같이 가야 일의 성과를 높일 수 있다. 그리하여 전략기획실이 존재하는 것이다. 기획팀에게는 각 실과소에서 진행되는 모든 업무를 챙겨서 소기의 목적을 거두게 하고, 정책개발팀에서는 논산 발전의 전기를 마련하는 시책 발굴에 전념하도록 전혀 간섭을 하지 않고 배려했다.

또한 전략실은 누구에게도 방해받지 않는 혼자의 공간이 필요했다. 그래서 각자의 공간에 파티션을 설치해 주었다. 파티션도 기성품이 아니라 목재로 만들어 예산도 절감하고 직원들의 쾌적한 분위기와 건강까지 고려해 주었다.

특히 동고동락 업무를 더 효과적으로 추진하기 위하여 총괄 진행토록 업무분장을 다시 했다. 유능한 실·과장은 일을 만들어 주는 것보다, 일을 잘할 수 있도록 살펴주는 것이라고 생각한다. 그래야 한다. 국도정 위임사무도 우리 실에서 맡아 하는데 일을 잘하고도 등수가 나오지 않았다. 우선 목표가 15개 시군 중에서 3등 안에 들어오는 것이었다. 나는 국도정 업무를 분석하고 미진사업에 대해선 언제까지 해야 한다는 시기를 두고 챙겼다. 교육도 여러 차례 하고 중간중간 오너에게 보고체계도 갖추어 업무추진에 박차를 가했다.

그러자 우리 시가 2등을 했다. 상금 5억을 받았다. 기분 좋은 자신이 생겼다. 그 이듬해는 1등을 목표로 달렸다. 꿈은 이루어졌다. 매년 연속 1위를 하던 아산을 따돌리고 1위를 한 것이다. 포상금 7억이다. 작년과 합치면 12억이다. 여태껏 내가 받은 월급보다 많겠다는 생각이 들었다. 금전적으로는 공복의 밥값은 갚은 셈이다.

논산시 기를 휘날리며

° 참여예산실로 자리를 옮기다

"논산시 예산 1조 시대를 열자"

기획과 예산은 바늘과 실의 관계다. 그런데 나는 기획통이
지만 예산통은 아니었다.

한번은 가서 논산시 전체 예산의 흐름을 파악하고 싶었다.
국비를 최대한 확보하고 예산이 적기에, 적소에 쓰일 수 있
도록 논산시 예산편성의 전기를 마련하고 싶었다. 직원들이

우선 유능했다.

　지방재정 자립도가 우리 시는 12%로 낮은 의존도를 보였다. 이 말은 우리 시 자체수입이 적고 국도비의 의존도가 높다는 것이다. 다시 말해서 국도비를 더 확보해야겠다는 다짐을 한 것이다. 그중에서도 보통교부세 확보가 관건이었다. 당시 우리 시의 한 해 예산은 8천억 정도이지 싶다.
　나는 우리 실 직원들에게 논산시 재정 1조 시대를 열자고 목표를 다짐하고 실내에 캐치프레이즈를 건 후 작전에 들어갔다. 교부세의 경우 행정안전부에서 전국 시군구의 예산을 확정하는데 그 자료를 원주에 있는 한국지방행정연구원에 용역을 주어 제공받는다는 정보를 입수했다.

　우리도 그 연구원에 용역을 주어 보통세 산정기준에 적합하게 적용되고 있는지, 그리고 육군훈련소 병력을 보정인구로 확보할 수 없는지, 몇 가지 과제를 주고 그 기관에 용역을 주었다. 우리는 연구원들에게 친절했다. 그러면서 인간적으로 접근했다. 그 연구원들의 손끝에서 우리 시 예산이 결정되고 있으니 정성을 기울였다. 우리의 전략은 적중했다.

2018년도 예산은 전년도보다 275억이 많은 3274억을 확보했다. 역대 최고의 예산을 확보한 것이다. 지금도 그때 맺은 인연으로 해서 퇴직을 했는데도 몇몇의 연구원들과는 서로 애경사를 찾아다닐 정도로 친분을 유지하고 있다.

그리고 우리는 연말에 여러 일을 잘해서 포상금을 많이 받았다. 팀장들과 우리가 예산실인 만큼 쓸모 있게 쓰자고 회의를 했다. 모인 의견대로 우선 불우이웃돕기 성금에 절반을 지출하고 그 절반은 상금을 받은 팀과 팀원들에게 주었다. 남은 금액으로 평소 읽고 싶었던 책들을 전 직원들에게 선물하고 함께 영화를 보기로 했다. 참으로 예산실다운 집행이었다. 공직을 하면서 덤으로 주어지는 기쁨이었다.

˚ 지방행정의 정점, 서기관으로 진급하다

모든 조직이 피라미드이다. 그래서 위로 오르기가 어렵다. 서기관은 도청이 아닌 일선 지방공무원으로 최고의 승진이다.

행복도시국장으로 발령받았다. 사령장을 들고 부모님 산소에 갔다. 큰절을 했다. 무릎을 꿇고 고해의 시간이 길었다. 세상에서 가장 기뻐하실 부모님이 안 계시니 비통했다. 유종의 미를 거두어야겠다. 11개 실과를 챙겨야 한다.

국장이란 무언가? 독방에 앉으니 생경했다. 아버지 말씀이 생각났다. 아버지는 서기관으로 진급하고 천안시 사회산업국장으로 발령 나셔서 하숙을 하고 계셨다. 그때 나는 서울시 공무원으로 막 입사했을 때인 것 같다. 천안으로 아버지를 찾아갔다. 아버지는 "혼자 독방에 있으니 고독하더라, 위로 오를수록 그런가 보다"라고 말씀하셨다. 그 느낌을 알 것 같았다.

나는 몸을 움직여야겠다고 마음먹었다. 내가 좋아하는 신조 '우문현답'이다. 행복도시국은 현장이 태반이다. 시장님이 못 가시는 현장은 내가 가기로 했다. 부지런히 다녔다. 그러다 안타까운 현장을 보았다.

국토관리청에서 공사를 진행한 신교다리가 양 끝부분이 위험했다. 모서리를 둥글게 돌려서 강둑으로 가는 차가 안전하게 커브를 돌게 해야 하는데 끝나는 부분까지 난간을 설치해 시야도 가리고 커브도 원활치 못했다. 참으로 지각없는 사람들이 설계하고 시공했다는 생각뿐이었다. 당시 우리 직원들이라도 현장에 가 봤으면 이런 결과는 없었을 것이다.

더구나 나를 분노케 한 것은 그 위에 있던 잠수교를 철거한 것이었다. 거의 100년이 되는 다리지 싶다. 샛강을 사이에 두고 이웃들이 드나들던 정감의 다리일 것이다. 여름날 다리 위에서 물속으로 뛰어들던 동심이 흐르는 추억의 다리일 것이다. 차나 리어카, 각종 수레차 등이 교행할 수 없어 한쪽에서 기다려 줘야 하는 인정 어린 다리였을 것이다. 이 애틋한 추억을 깡그리 부숴버렸다. 나쁜 행정을 보았다.

정말 이런 행정을 하면 안 된다. 물흐름이 방해된다며 다리를 부수는 엉터리 행정을 그만해야 한다. 여태까지 그 다리로 인해 물이 막히고 범람한 적이 없었는데 궁색한 변명에 지나지 않는다.

이제 아트행정이다. 실용과 안전이 그동안의 행정이었다면 이제 아트를 접목해야 한다.

보도블록 한 장도, 거리의 간판도, 심지어 가로수 식재도 아트를 염두에 두고 행정을 해야 하는 시대가 이미 왔다.

하나에서 열까지 배려행정이다.
하나에서 백까지 알뜰행정이다.
하나에서 천까지 아트행정이다.
하나하나 시민에게 배려해야 하고,
주어진 예산을 알뜰히 써야 하고

하나하나 아트적이어야 한다.

내가 추구하는 행정의 원칙들이다.

° 동고동락국장으로 자리를 옮기다

조직이 개편되었다. 동고동락국장으로 자리를 옮겼다. 시장님의 방침에 따라 동고동락에 비중을 두었다. 동고동락 논산에 방점을 찍고 싶은 의중이 표현된 개편이었다. 따져보니 나도 35년 공직이 6개월밖에 남지 않았다. 다시금 잘 마무리 지어야겠다고 다짐했다.

조직이 개편되고 인사이동이 많아서 동고동락국의 결속이 필요했다. 과장님들의 의견을 들어 실과 직원들 장기자랑 아니면 실내에서 체육대회를 제안했는데 장기자랑으로 결정되었다. 그런데 직원들의 참여가 어렵다는 게 과장님들의 얘기였다. 다른 방법을 고심해야 했다.

그러면 동고동락국 가족이 한데 모여 즐기고 감상할 수 있는 일이 있을까 생각했더니 떠올랐다. 무슨 일이든 고민하면 해결된다.

피아니스트 임동창 선생님과 친분이 있어 초대해 공연을 보여주고 싶었다. 공무원 교육과정 중에 향부숙이 있는데 거기 입학과 졸업 때 임 선생님이 오셔서 공연을 해주셨다. 그때 본 감동이 있어 입학과 졸업 때, 해마다 가곤 했다.

섭외가 되었다. 공연비는 내가 절반을 부담하고 과장들이 나머지를 내서 저비용으로 고효율을 누리는 공연을 관람했다. 직원들이 행복했다고 했다. 나는 더 행복했다. 좋은 추억이 오래 머물렀으면 하는 바람이다.

공직을 마감하며 사무관을 달고 같이 근무했던 직원들과 저녁을 하며 추억을 마주하고 싶었다. 그리고 내가 모셨던 계장님, 과장님들과도 현직에 있을 때 밥 한 끼라도 사드리고 싶었다. 연무읍, 취암동, 홍보실, 전략실, 예산실, 두 개국 과장님들, 날짜를 정하고, 어떤 때는 내가 손수 토마토 오리요리를 해드리면서 공직을 마무리했다. 다 다정했다. 다 고마웠다. 그리고 행복했다.

나는 공로연수를 들어가면서 〈공직을 마감하며〉라는 글을 전 직원에게 일일이 보냈다.

　주위에서 공직을 잘 마무리하게 도와주신 지인들에게도 인사를 했다.

˚ 공직을 마감하며

세월이
묶어 놓았던 35년 공직을
세월이 풀어줍니다.
세상 공평한 것은 세월뿐입니다.
모든 일들이 혼자 한 게 아니었습니다.
감사합니다.

살다가, 살다가

이별의 때가 오거든
가급적 여름에 헤어질 일이다.
녹음이 덮어주고
그늘이 가려주고
흐르는 땀방울이
눈물을 감추게 하는
여름, 그 복판에서 작별할 일이다.

그간
응원해 주시고 아껴주신
한 분, 한 분
참 많이 고맙습니다.

큰절 올립니다.

리을 전민호 큰절

읍장일기와 메모노트들

6장

메모로
남겨둔

단
상
들

° 준비해 온 물감

평소 준비해 온 물감으로 명품 논산을 그려본다.

1. 환경 행정을 펼쳐야 한다.
2. 소외된 이웃을 위한 따듯한 행정을 펼쳐야 한다.
3. 미관을 생각하는 지역개발을 해야 한다.
4. 혁신의 배를 타고 감각 있는 조직을 이끌어야 한다.
5. 역사적 시대적 미래적인 행정을 추구해야 한다.

딱딱한 행정이 아닌 부드럽고 유머 넘치는 행정을 펼쳐 가야 한다.

문서도, 환경도, 토목건축도, 축제도, 내가 준비해 온 물감으로 이렇게 아트행정을 펼치고 싶은 것이다.

° 3美 운동

논산시민에게도 행복한 삶까지 아트생활을 접목시켜야 한다.

[논산시민 모두가 3美 운동을 해야 한다.]

1. 지성美 – 시민 모두가 지식, 교양을 높이는 활동

2. 감성美 – 시민 모두가 취미활동

3. 건강美 – 시민 모두가 한 가지 운동

논산시민은 3美 운동의 주인공이 되어야 한다.

건강한 정신, 건강한 마음, 건강한 육체로 모두가 행복한 논산의 주인공이 되어 함께 잘 살 수 있기 때문이다.

° 사람을 탓하지 않는다

＊ 언제 어느 부서에서나 사람을 탓하지 않았다. 사람을 탓하고 경계하는 것은 그 사람의 능력을 보기 때문이다. 능력은 누구나 다 있는데 그 능력을 발휘할 수 있도록 안내하는 사람은 드물다. 나는 직원들의 단점보다 장점을 보려 했고 능력을 키워주고 발휘할 수 있도록 안내하며 조직과 동고동락을 해왔다.

＊ 나는 다른 사람의 단점을 잘 알지 못하고 안다 해도 말

하지 않았으나 몇몇 사람들은 예외였다. 후회한다. 아직도 예를 갖추지 못했다. 숲길을 홀로 걸어야겠다.

° 내가 하는 말

상상

정확한 의미의 상상력이란 없는 것을 보는 것이 아니다. 있는 것을 자세히 들여다보는 것이 상상력의 시작이다. 상식적인 것들을 한번쯤 뒤집어 생각해 보는 것이 상상력이다. 나는 언젠가부터 상추 뒤쪽으로 쌈을 싸 먹는다. 상추는 대개 뒤에 벌레가 붙어있다. 뒤도 확인하고 또 뒤집어 싸니 입에 들어가는 촉감이 부드럽다.

자세

공무원이 툭하면 하는 소리 "검토해보겠습니다" 아주 거부감을 느낀다. 검토는 곧 하지 않겠다는 소리로 들리기 때문이다. 검토는 게으름과 무능을 포장하는 단어로 들리기 때문이다. 그러지 말고 "더 고민해서 방안을 찾아보겠습니다"로 강한 의지를 피력해서 노력하는 자세가 중요하다.

말

사람과의 만남에 첫인상을 스캔하는 데는 불과 3초면 기억을 한다고 했다. 전화통화를 해도 그 사람의 목소리에서 어느 정도의 성격이 파악된다고 한다. 나는 대면을 할 때는 눈을 맞추고 겸손하고 당당하게, 전화통화를 할 때는 진솔하게, 믿음직스럽게 상대의 이야기에 집중한다. 나는 마흔아홉에 말의 소중함을 깨달았고 쉰하나에 혀의 중요함을 알았다.

직장

학교는 돈을 내고 공부하는 곳이라면, 직장은 돈을 받고 공부하는 곳이다. 직장에서 우리는 더 많이 배운다. 직장에서 인생공부를 한다. 우리 인생의 절반이 직장생활이니 충실히 할 일이다. 배려가 스며있는 손길, 당참이 서려 있는 발길, 감흥이 배어있는 맘 길, 내 인생에서 갖춰야 할 덕목이다.

다짐

2016년 6월 28일자 모 신문, 문화체육관광부와 한국문화관광연구원이 발굴한 지역문화실태조사에서 문화지수 1위가 전주, 서울 성동, 중구, 동작, 구로구 순으로 나타났다. 논산의 문화지수를 높여야겠다. 2016년 6월 27일 세종시에서 연무 봉동 출신인 기재부 박문규 과장을 만났는데 이렇게 조언해 주었다. "논산의 이미지를 새롭게 하라"(문화도시, 친환경 도시, 예학의 도시) 그리고 무엇보다도 예산통을 양성하고 꾸준히 예산 활동을 해야 한다.

중년의 변화

김영태 성동산업단지 소장님한테 전화가 왔다. 어려울 때 젤 먼저 생각나는 사람이 나라고 했다. 미안하고 고마웠다. 그럼 나는 내가 외로울 때 어려울 때 가장 먼저 생각나는 사람이 누가 있을까? 친형 같은 영태 형이라고 핸드폰 이름을 수정해 놓았다. 옛날 같으면 전화번호부 수첩에 수기로 기록할 텐데~ 세상의 변화 속에 내 손에서부터 혁명의 시간이 느껴지고 있다.

컴퓨터를 켜고 화면이 나올 때까지 참 신기하고 묘한 세상에 살고 있구나! 생각을 간간히 하게 된다. 가리방으로 긁어서 문서를 작성하고 생산하던 입사 초기의 벅찬 순간을 떠올리면 내가 여기 앉아있는 것도 신비로울 때가 있는 것이다. 지금의 공직들은 행복하다. 그러니 이 행복을 친절과 배려로 시민들에게 전하고 대해줘야 한다. 희한한 세상에서 중년을 넘기고 있다.

내 좌우명인 '자기 구속과 통제로부터의 자유'는 격식과 허영에 얽매이지 않는 삶의 자세에서 올 것이다. 그러면 어느 날 자유는 불청객처럼 불쑥 찾아올 것이다.

우리 문화

백범 김구 선생님의 『백범일지』 중에서 내가 가장 애착이 가는 문장이다.

> "나는 우리나라가 세계에서 가장 아름다운 나라가 되기를 원한다. 가장 부강한 나라가 되기를 원하는 것은 아니다. 내가 남의 침략을 받아 가슴 아팠으니 내 나라가 남을 침략하는 것을 바라지 않는다. 오직 한없이 가지고 싶은 것은 문화의 힘이다. 문화의 힘은 우리 자신을 행복하게 하고 나아가서 남에게도 행복을 줄 수 있기 때문이다. 나는 우리나라가 남의 것을 모방하는 나라가 되지 말고 이러한 높고 새로운 문화의 근원이 되고 모범이 되길 원한다. 그래서 진정한 세계의 평화가 우리나라에서 우리나라로 말미암아 세계에 실현되기를 원한다. 홍익인간이라는 우리 국호 단군이 이것이라 믿는다."
>
> — 『백범일지』 중에서 모셔온 글

나도 생각한다. 우리의 문화가 세계의 문화다. 'BTS'의 열풍, '기생충', '오징어 게임', 라면, 드라마, 반도체 등 세계시장에서 한류열풍이 불고 있다. 우리 문화를 알리는 다양한 분야에서 활동하는 분들께 감사하며… 논산의 문화도 세계 속에 함께 가야 한다. '돈암시원-유네스코, 관촉사-국보' 앞으로 더 진진하면 된다.

° 내 행정의 멘토

이탈리아 복지부장관은 "연금개혁이 우리에게 요구하는 것은 희생이란 말을 잇지 못하고 울어 버린 포르네로 장관이 내 행정의 멘토다"라고 말한 적이 있다.

천안함 추모행사 행사에 우산을 받지 않고 초겨울 비를 맞으며 추모했던 김황식 총리의 진성성이 내 행정의 멘토다. 처자식의 목숨을 거두고 5천 결사대의 사기를 이끌어 5만에 대항했던, 그 정도로 백제의 백성을 사랑했던 계백이 내 인생의 멘토다.

내가 자원봉사계장으로 근무할 때 논산시에 폭설이 내렸다.

그리하여 견고하지 못했던 시설 하우스들이 거의 몽땅 무너
져 내렸다. 광석면 어느 농가에 자원봉사를 나갔다. 망연자
실해도 시원치 않은 현장에서 할머니가 딸기 한 바가지를 따
오면서 먹으라고 한다. 할머니 괜찮다고 극구 사양하는데 그
할머니 이렇게 말씀하셨다. '아녀 저건 저것이구, 이 늙은이
복 지을려구 그러니 어여 드셔요. 드셔' 그 순박하신 할머니
가 내가 행정을 해야 하는 책무이며 멘토다.

˚아픔은 배려를 낳는다

　추위에 떨어 본 사람만이 태양의 따듯함을 알고, 인생의
번민을 지나온 사람만이 생명의 존귀함을 안다. 고독과 상처
로 녹아버린 애간장을 떼어내 본 사람만이 남의 상처를 보듬
어 줄 수 있다. 이별이 없이는 사람은 사랑을 모른다. 그래서
아픔이 배려가 되는 것이다.

° 내가 제일 좋아하는 여배우

늙어서도 숙녀의 모습을 간직한 채 영화보다 아름다운 삶을 살아간 배우, 그녀는 암 투병을 하면서도 "이제는 내가 가난한 사람을 위해 봉사할 때입니다."라고 했다. 그 이름 오드리 햅번이 아들에게 쓴 편지가 내게도 도착했다.

> 아름다운 입술을 갖고 싶거든 친밀한 말을 하라.
> 사랑스런 날을 갖고 싶으면 사람들의 좋은 점만 보라.
> 늘씬한 몸매를 원한다면 너의 음식을
> 배고픈 사람들과 나누어라.
> 사랑스런 눈을 갖고 싶으면 같이 있는 사람의 장점을 보아라.

이렇게 살 수는 없어도 느끼며 산다.

내 이름을 소중히 해라

방수인 감독의 영화 〈덕구〉의 '덕구'는 주인공 소년의 할아버지가 '큰 덕', '구할 구'로 지어 준 이름이다. '은빛 자서전 프로젝트'의 주인공 류항보 씨는 항상 도우라는 뜻으로 그 이름을 지어 운명처럼 평생 남을 위해 봉사했다.

내 이름 민호는 아버지가 은진면사무소 취직을 하셨을 때 내가 태어났는데 아버지께서 '백성 민', '하늘 호'로 지어 주셨다. 자신의 공직생활을 그렇게 하겠노라고 다짐하셨나 보다. 아버지는 시민을 내 부모 형제처럼 대하시면서 일생을 사셨다. 나 또한 내 이름처럼 대를 이어 공직생활을 하며 여기까지 왔다. 기회가 오면 앞으로 더 잘해야겠다.

택견을 배우다

사람은 운동할 때가 가장 행복한 시간이라고 한다. 나도 그런가? 전에 청봉에서 축구할 때가 좋았던 것으로 기억된다. 누구나 평생 운동이 있어야 한다. 강경독서실 운영한 뒤로 잠을 못 자니까 몸이 허약해져 가는 것 같다. 아직 쾌차한 것은 아니지만 사나흘 몸살감기로 고생 좀 했다. 기다려 주지 않는 건 세월이 아니라 몸이다. 마음은 늙지 않는다 해도 몸이 늙어가니 거기에 마음도 따라가 늙어가는 것이다. 평생 교육이 있듯이 평생운동이 있어야 한다. 평생운동으로 꼭 하고 싶은 운동이 택견이다. 퇴직 후 택견을 배우고 있다. 열심히 해서 1동(1단)을 땄다.

°막걸리의 오덕(五德)

취하되 인사불성일 만큼 취하지 않음이 일덕이요,
새참에 마시면 요기가 되는 것이 이덕이고
힘이 빠졌을 때 한 잔 마시면 힘이 솟는 게 삼덕이다.
안 되던 일도 한두 잔 마시고 나서 넌지시 웃으면 되는 것
이 사덕이요
더불어 마시면 서로의 응어리가 풀리는 것이 오덕이다.
나는 막걸리의 오덕이 좋아서 마신다.
사람이 좋아서 마신다.

°나는 DJ이다

업무 전 아침 시간과 점심시간을 이용해 직원들에게 신청
받은 노래를 들려주기 때문이다. 기분 좋게 하루를 시작하자
는 뜻이다. 재밌게 업무를 하자는 의미다. 서로의 마음을 소
통하자는 까닭이다. 오늘 아침은 윤은숙 팀장이 신청한 해
바라기의 '모두가 사랑이에요'. 그리고 이문세의 '나는 행복
한 사람'을 신청했다. 김애희 팀원이 신청한 곡은 김연우 '만

약에 말야', 그리고 장재인의 '가로수 그늘 아래 서면' 그리고 박강성의 '듣고 있나요'를 들려주었다. 아침 점심으로 할 일이 생겨서 좋다.

국방대 유치백서를 만든다고 오전에 인터뷰를 하고 왔다. 벌써 10년이 넘은 세월이다. 조영국 팀장과 같이 백서에 빠지지 않게 중요한 사안들을 말해주었다. 국방대 유치는 우리 논산시민의 승리였다. 결론적으로 보람만 남았다. 그날 인터뷰 멘트다.

"정말 기쁩니다. 우리 국방대학교가 논산시의 품격을 높였습니다. 앞으로 국방대학이 우리 논산시의 넉넉한 품속에서 통일한국을 설계하고 꿈꾸는 대학으로 거듭나기를 희망합니다. 다음은 육군사관학교를 유치해 국방도시의 방점을 찍겠습니다."

° 빼면 더해지는 헌혈

20대 후반부터 1년에 4번은 헌혈을 했다. 빼면 더해지는 게 헌혈이다. 덜어내면 더 윤택해지는 게 헌혈이다. 우리 실

(예산실)의 문영찬 새싹 직원과 혜성이랑 같이 했다. 지금까지 데이터에 올라오기 이전까지 합치면 60회 이상은 했을 것 같다. 헌혈한 사람에게 시에서도 무슨 배려가 있어야겠다는 생각이다. 직원에게는 반일 연가를 주던지, 시민에게는 재래 시장 상품권을 드리던지….

° 루루와 놀다

공직 35년을 마감하고, 김홍신문학관 관장으로 있을 때다.
세계적인 조각가 용수형이 진돗개 강아지 두 마리를 보내 주셨다. 너무 작고 귀여운 쌍둥이 녀석의 이름을 무엇으로 지을까~ 문학관 가족들과 회의 도중 김홍신 작가님의 호를 따서 모모와 루루라는 이름으로 만장일치가 되었다.
문학관의 내방객과 운동하는 사람들이 간식 주고 쓰다듬고 이름도 불러주고, 김홍신문학관의 마스코트로 모모와 루루는 최고의 사랑을 받았다. 마냥 사람들을 따르고 이름 부르면 엉덩이부터 꼬리까지 온몸을 흔들고 간식을 주면 오른손, 왼손, 기다려 이 모든 명령도 알아듣고 한다. 아기때부터 모모, 루루를 예뻐해 주었다 보니 사회성이 너무 좋다.

나는 문학관을 퇴사하고 먹골 집으로 거처를 옮겼다. 모모는 광덕이 형님을 따라 상월로 이사가고 루루는 먹골집에서 나와 함께 산다. 진돗개의 본성이 주인만 알아본다는데 루루는 어릴 적 환경의 영향으로 사람을 좋아한다. 그래서 거의 마당에서 풀어놓고 지낸다. 가는 길손들과도 친해져 담장을 바치고 길거리를 쳐다보는 모습이 여간 살가운 게 아니다.

　지나는 길손마다 루루의 간식은 우체통에 있다는 걸 알고 챙겨주고, 대문 옆 담장은 루루와 포토존의 장소로 알아서 자세를 취한다. 지나는 학생들도 반겨주고, 내 차소리도 기억하고 뛰어와서 담장에서 포즈를 취한다. 루루가 나를 웃게 하고 슬플 때 위안도 되고 반겨주는 루루가 사랑스럽다.

위)김홍신 문학관에서 모모와 루루
아래) 루루와 함께

힘내세요!
눈길 걷다보면 꽃길 나옵니다

30년 논산시 행정가 전 민 호

7장

논산에
살어리랏다

° 논산의 4계절 -그리고 놀뫼

　육십 평생을 살면서 논산을 떠나서 살았던 기억을 떠올렸다. 대학, 군대, 서울자취, 서울시 공무원, 다시 서울시 사무소장, 더해보니 11년 3개월이다. 애국자가 되고 싶거든 외국을 다녀오라는 말이 있듯이, 고향을 떠나 살았을 때 논산이 얼마나 그립고 소중한지 알게 되었다. 애향심이 생긴 것이다.

　나는 사랑하는 내 고향의 사계를 시로 쓰고 싶었다.
　논산의 지형, 논산사람의 기상과 꿈을 이야기하고 싶었다.
　〈그리고 놀뫼〉가 그렇게 지어졌다.

° 논산의 24절기 - 절기에 부친 편지

　논산의 4계절만으로는 아쉬웠다. 우리 논산에 산재한 풍물과 곳곳의 아름다움을 시의 영역을 빌려 표현하고 싶었다. 그래서 절기가 지나갈 때마다 내가 사는 산천경개를 관찰하였다. 그리고 그때그때의 느낌을 적어 놓았다. 그렇게 10년을 걸려 논산의 24절기를 시로 완성하였다.

시의 부제가 〈절기에 부친 편지〉다. 아마도 처음 시도한 애향시일 것이다. 그 시들을 내가 존경하는 권선옥 선생님이 칭찬해 주셨다.

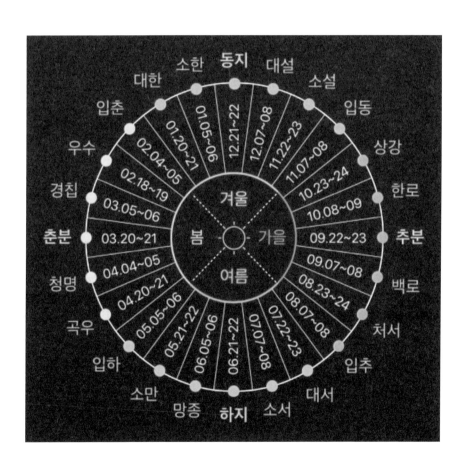

논산의 4계와 기상
- 그리고 놀뫼

-전민호-

백두산 천지물이 한라산 백록담까지
직진으로 흐르고 동해 호미곶에서
곧장 서해 외연도에 닿으면 만나는 터
여기가 한반도의 단전 놀뫼이더라

옥녀봉 갈물에 치맛자락 적시면
아침바다 갈매기 비단강 거슬러와
끼룩끼룩 슬픈 전설 부리고 가는
강 마을 이더라

탑정호에 철새는 날아가고
계백을 따라와 뚝뚝 능소화로 져버린
황산벌엔 별이 떠서 새벽안개 흐르는 산성마다
고운빛 스러지는 언덕이더라

갓난 애기 손 같은 반야산 기슭
풀물 배인 옷깃에 풍경소리 번지면
아주 잊고 산다던 그대 그리워
핼쑥한 그늘로만 숨어오던 산길이더라

들은 넓고 산은 저만큼 멀어
어디가나 옹색한 곳이 없는
그리하여 옹색한 마음조차 찬바람이 채가버린
휘휘걸음마다 선비다운 들길이더라

한반도의 기운이 자리한 시종의 터
맺음으로 슬프고 시작으로 기뻐서
돌아와 샛강에 발을 씻고 계룡산을 베고 누워
가이없이 꿈을 꾸는 사랑채더라

입춘
—딸기에 넘친편지

흐린새벽
싸락눈 내뿌려진
연산천 뚝길을 지나니
알겠습니다

집없는 오리는
물위에서 잔다는것을…
비탈물에
호백을 마냥 웅크리고
자는 모습 봐
문득
따순 방에서 나온
발등이 미안해 집니다

내일이 입춘,
당신을 기다려서
봄이 옵니다

* 입춘: 대한과 우수 사이의 절기, 봄이 시작되는 시기 (양력 2월 4일경)

입춘

흐린 새벽
싸락눈 뿌려진
연산천 뚝 길을 지나니
알겠습니다

집 없는 오리는
물 위에서 잔다는 것을…
비탈 물에
호박돌 마냥 웅크리고
자는 모습 보니
문득
따순 방에서 나온
발등이 미안해집니다

내일이 입춘
당신을 기다리니
봄이 옵니다

우수
—절기마다 부치는 편지

강빛 흐르던
인내천 버들강아지 솜털이
얼음을 녹입니다

돌틈을 나온
물방울이
잠자는 버들치를
밀어 냅니다

그대
언마음도
우수처럼 녹아
내게로 왔으면
좋겠습니다

* 우수: 입춘과 경칩 사이의 절기, 초목이 싹트는 시기(양력 2월 19일경)

우수

감빛 흐르던
인내천 버들강아지 솜털이
얼음을 녹입니다

돌 틈을 나온
물방울이
잠자는 버들치를
밀어냅니다

그대
언 마음도
우수처럼 녹아
내게로 왔으면
좋겠습니다

— 절기에 부친 편지

경칩

오랜지 껍질을 깨물다
놀라듯

살다가
스스로를 놀라게 하고싶은
때가 있습니다

봄비 젖은
수렁의 어느 골짜기
겨우내 움츠렸던
개구리가
펄쩍 뛰어놓고
깜짝 놀랍니다

무거운
짐 하나 덜어내면
우리도 저러겠지요

---

* 경칩: 우수와 춘분 사이의 절기. 벌레가 겨울잠에서 깨어나는 시기 (양력 3월 5일경)

164

경칩

오렌지 껍질을 깨물다
놀라듯

살다가
스스로를 놀라게 하고 싶은
때가 있습니다

봄비 젖는
수락리 어느 골짜기
겨우내 움추렸던
개구리가
펄쩍 뛰어놓고
깜짝 놀랍니다

무거운
짐 하나 부리면
우리도 저러겠지요

춘분

아호교에서 보았습니다

서쪽에는
달이지고
동쪽에선
해가 뜨고

달과 해가
항상 별들 사이에 두고
마주보는
황홀한 순간이었습니다

밤보다 낮이 길지 않고
낮보다 밤이 짧지 않은
춘분,

지금 마주 보는 사람이
사랑입니다

* 춘분: 경칩과 청명 사이의 절기, 밤과 낮의 길이가 같은 시기 (양력 3월 21일경)

춘분

아호교에서 보았습니다

서쪽에는
달이 지고
동쪽에선
해가 뜨고

달과 해가
황산벌을 사이에 두고
마주 보는
황홀한 순간이었습니다

밤보다 낮이 길지 않고
낮보다 밤이 짧지 않은
춘분,

지금 마주 보는 사람이
사랑입니다

— 절기에 부친편지

청명

비 그치니
냇강물 조급하게
흐릅니다

거품처럼
한 무리 새떼가
성깔한 소리로
흩어 듭니다

바람 끝이 어딘지
한 생각 멀리 보내
돌다리 앉은 숨결이
그립습니다

훗일
순하디 순한 청명,
하늘이 참 맑습니다.

* 청명: 춘분과 곡우 사이의 절기, 하늘이 가장 맑은 시기(양력 4월 5일경)

청명

비 그치니
샛강 물 조급하게
흐릅니다

구름 저쪽
한 무리 새 떼가
성깃한 산 뒤로
휘어듭니다

바람 끝이 어딘지
한 생각 멀리 보내니
들리지 않는 숨결이
그립습니다

쑥잎
순하디순한 청명,
하늘이 참 맑습니다

곡우

철새가 밭을
담그고 간 함정호에
물물이 들었습니다

예위서 사람도
그 물을 빌어 올려
버들빛 물이 듭니다

지는 오음도
호수를 흐리지 않고
멀리 강경 포구로
기웁니다

곡물이 흘러 씨를 틔우고
곡을 들녘을 기웁니다

그때 마음에도
청보리 밭 한 때기
가꿀 일입니다

* 곡우: 청명과 입하 사이의 절기.
  봄비가 내려 온갖 곡식이 윤택해진다는 시기 (양력 4월 20일경)

곡우

철새가 발을
담그고 간 탑정호에
풀물이 들었습니다

에워싼 산들도
그 물을 빨아올려
버들 빛 물이 듭니다

지는 노을도
호수를 흐리지 않고
멀리 강경포구로
기웁니다

풀물이 흘러 씨를 틔우고
푸른 들녘을 키웁니다

그대 마음에도
청보리밭 한 뙈기
가꿀 일입니다

초하

숭숭했던
나무 햇살 그늘 구멍이
메워지고 있습니다

제백의 무덤엔
초록빛 번졌는데
간다는 봄을 끌어안고
산꿩은
목이 쉬었습니다

윤삼월
달빛 가득 내리던 밤도
이미 여름이었습니다

내 안에 그리움이
푸르게 깊어가는
초하 입니다

* 초하: 입하라고도 한다. 곡우와 소만 사이 절기, 여름이 시작되는 시기, (양력 5월 5일경)

초하

숭숭했던
나무 햇살 그늘 구멍이
메워지고 있습니다

계백의 무덤엔
초록빛 번졌는데
간다는 봄을 끌어안고
산 꿩은
목이 쉬었습니다

윤삼월
달빛가루 나리던 밤도
이미 여름이었습니다

내 안에 그리움이
푸르게 짙어가는
초하입니다

소만

엄마랑 수국꽃
가지가 휘었습니다

끝물 딸기에
훈련소 둘레
고개리 여인들도
허리가 휘었습니다

절기 중
제일 바쁘다는
소만 입니다

꽃가지
휘어진 밤

그리움도 휘어져
저 산너머
당신도 보였으면
좋겠습니다

* 소만: 입하와 망종 사이 절기, 만물이 점차 성장하여 가득 찬다는 시기. (양력 5월 21일경)

소만

앞마당 수국꽃
가지가 휘었습니다

끝물 딸기에
훈련소 근처
고내리 여인들도
허리가 휘었습니다

절기 중
제일 바쁘다는
소만입니다

꽃가지
휘어진 밤

그리움도 휘어져
저 산 너머
당신도 보았으면
좋겠습니다

─절기에 부친편지

망종

봉녀봉 아래
묶은 갈대꽃이
햇 갈대 숲에
묻히고 있습니다

서로가
몸을 베이던
청춘이 있었지요

강건너 그대

뒷 절음하던
강물이 노을에
붉어 집니다

눈부신 것은
물결이 아니라
눈물 입니다

* 망종: 소만과 하지 사이 절기, 보리가 익고 모를 심는 시기. (양력 6월 6일경)

176

망종

옥녀봉 아래
묵은 갈대꽃이
햇 갈댓잎에
묻히고 있습니다

서로가
몸을 베이던
청춘이 있었지요

강 건너 그대,
뒷걸음치던
강물이 노을에
부서집니다

눈부신 것은
물결이 아니라
눈물입니다

논산에 살어리랏다

하지

씨뿌리에서 선늘
해들풀을 아우르는
놀갈 령아는
하지 가뭄으로
어린 모들이 걱정입니다

우리 놀리는
땅이 기름지고
백성이 유할 뿐더러
물자가 풍넉해
사람 살기 좋은 곳이라
택리리에 일렀습니다

이삭은 솔솔 길러지고
달맞이꽃 뜰길을 적시며
그대 보며,
예량 꽃이 오시겠지요

---

* 하지: 망종과 소서 사이의 절기, 낮이 가장 길고 밤이 가장 짧다. (양력 6월 21경)

하지

빛돌에서 선들
채운 뜰을 아우르는
논강 평야는
하지 가뭄으로
어린 모들이 걱정입니다

우리 놀뫼는
땅이 기름지고
백성이 유할뿐더러
물자가 풍부해
사람 살기 좋은 곳이라
택리지에 일렀습니다

밤은 슬슬 길어지고
달맞이꽃 뚝 길을 적시며
그대 분명,
비랑 같이 오시겠지요

—릴기에 먹친편지

소서

중학당을 나선자
소나기가 쏟아집니다
'when I dream'을 들으며
빗속을 몰고 갑니다

느린 기타 소리에
청한 빗소리가
온몸을 적십니다

돈앞서원 백일홍 그늘도
처마 밑에서 쉬겠지요
선비들의 청초은
폭우에 갇혔겠지요

젖은 여름이
불러낸 방죽천을
걸어 갑니다

* 소서: 작은 더위라 불리며 본격적인 여름더위의 시작. (양력 7월 7일~8일경)

소서

종학당을 나오자
소나기가 쏟아집니다

'when I dream'을 들으며
빗속을 몰고 갑니다

느린 기타 소리와
급한 빗소리가
온몸을 적십니다

돈암서원 백일홍 그늘도
처마 밑에서 쉬겠지요
선비들의 청춘은
폭우에 갇혔겠지요

젖은 여름이
불어난 방축천을
건너갑니다

대서

은하수가 넉쌓져 내린듯
흐릿한 망초꽃 무리가
꿈길로 보입니다

흔하디 흔해
주목받지 못하는 꽃
살아실레 몰랐던
볼일마 시렁이 저렸습니다

쌍께샤 아래
나중에 앉아
바람이 몰고 가는
저녁 물살을 봅니다

풍경은 새소리에 스미고
그늘레를 풀벌레 소리가
파고 듭니다

불멍샤 뒤에
가을이 숨어 있지요

* 대서: 소서와 입추 사이의 절기. 일 년 중 가장 무더운 시기 (양력 7월 24일경)

182

대서

은하수가 부서져 내린 듯
흐릿한 망초꽃 무리가
꿈길로 보입니다

흔하디 흔해
주목받지 못하는 꽃
살아 실제 몰랐던
울 엄마 사랑이 저랬습니다

쌍계사 아래
방죽에 앉아
바람이 몰고 가는
저녁 물살을 봅니다

독경은 새소리에 스미고
그 둘레를 풀벌레 울음이
파고듭니다

불명산 뒤에
가을이 숨어있지요

입추

잠자리가
억새에 앉으려다
날개를 바람에
맡깁니다

신화를 품은 씨앗도
바람을 탑니다

결혼이 꿈꾸던
들녘이 아니던가요
오천 결사의 목숨이
뚝뚝 능소화
풀꽃으로 져도
풀향기가 아니던가요

속절없이
가을이 오겠지요
우리사랑도 입추였으면
좋겠습니다

* 입추: 대서와 처서 사이의 절기, 가을이 시작되는 시기 (양력으로 8월 8일)

입추

잠자리가
억새에 앉으려다
날개를 바람에
맡깁니다

신화벌판 벼 이삭도
바람을 탑니다

견훤이 꿈꾸던
들녘이 아니던가요
오천 결사의 목숨이
뚝뚝 능소화
통꽃으로 져도
풀향기가 아니던가요

속절없이 곧
구월이 오겠지요
우리 시절도
입추였으면 좋겠습니다

처서

태풍 구름은
황산벌 소나무 사랑이를 덜어내
별꽃가지를 적셔 놓고
소나비 줄기 별따라기 적실만큼
비를 뿌리고 지나갑니다

바람에 구름
온진 복숭아가
과일 가게에 나왔습니다

병아리 아래
음음이 물고기도
물살을 만지며 오릅니다

태풍에 휩쓸리기 못
가을 그림자가
마당에 누웠습니다

단잠을 보르고 싶습니다

* 처서: 입추와 백로 사이의 절기. 더위가 물러가는 시기. (양력 8월 23일경)

처서

태풍 고니는
황산성 소나무 삭정이를 털더니
분꽃 가지를 찢어놓고
산비둘기 발바닥만 적실 만큼
비를 뿌리고 지나갑니다.

바람에 구른
은진 복숭아가
과일가게에 나왔습니다

병암다리 아래
을문이 물고기도
물살을 만지며 오릅니다

태풍에 휩쓸려 온
가을 그림자가
마당에 누웠습니다

당신을 부르고 싶습니다

백로

잉크빛 이슬 머금던
딸개비 꽃이 집니다

덕음리 머룩로도 따먹으면
그리움이 고입니다

짐밭뜰을 걷다가
그대가 옆에 있는 듯
말해 줍니다

여름과 가을의 경계는
백로, 푸름과 금빛의
경계는 연두빛
물또라 그리움의 경계는
눈물입니다

경계에서
내려오고 싶습니다

---

* 백로: 처서와 추분 사이의 절기. 이슬이 내린다는 시기. (양력 9월 8일경)

백로

잉크 빛 이슬 머금던
달개비꽃이 집니다

덕암리 머루포도 따먹으면
그리움이 고입니다

짐밭 뜰을 걷다가
그대가 옆에 있는 듯
말해 줍니다

여름과 가을의 경계는
백로, 푸름과 금빛의
경계는 연두빛
포도와 그리움의 경계는
눈물입니다

경계에서
내려 오고 싶습니다

—절기에 부친 편지

추분

달 뜨는 상현,
노을에 여문 황톳고개마다
달빛을 덮고 자는
추분 입니다

논성천 참게도
대를지어 잠이 드겠지요

기다가라 건너
강둑에 서면
해오름녘을 지치가
지나 갑니다

절기가 계절을 나누고
밤낮을 구별할지라도
분별 없이 살고
싶습니다

그리움도 그랬으면
좋겠습니다

* 추분: 백로와 한로 사이의 절기, 밤과 낮의 길이가 같은 시기. (음력 9월 23일경)

추분

달 뜨는 상월,
노을에 여문 황토고구마가
달빛을 덮고 자는
추분입니다

노성천 참게도
떼를 지어 돌아오겠지요

미내다리 건너
강뚝에 서면 기차가
지나 갑니다

절기가 계절을 나누고
밤낮을 구분할지라도
아무 분별없이 살고
싶습니다

그리움도 그랬으면
좋겠습니다

한로

늦게 울다 잠든
풀벌레 날개가
이슬에 젖는 새벽입니다

꽃은 제게 맞는 색깔로
땅속에서 뿌리 물게 되고
잎새는 제 빛깔에 어울리는
이슬을 받아 단풍이
듭니다

경건 절기에
풍성을 그리움.
바늘이 가셔 가슴을
보여 주고 싶습니다

이슬에 젖은
그대 신발을
닦아 줍니다.

* 한로: 추분과 상강 사이의 절기. 공기가 차가워지고 찬 이슬이 내리는 시기.
  (양력 10월 8일경)

한로

낮게 울다 잠든
풀벌레 날개가
이슬에 젖는 새벽입니다

꽃은 제게 맞는 색깔을
땅속에서 빨아올려 피고
잎새는 제 빛깔에 어울리는
이슬을 받아 단풍이
듭니다

강경젓갈에
곰삭은 그리움,
밤송이 가시 가슴을
보여주고 싶습니다

이슬에 젖은
그대 신발을
닦아 줍니다

—절기에 부치는 편지

상강

땅속으로 들어간 벌레들이
서리가 내린다는 것을
먼저 알았습니다

연시시장 대추향이
무르익게 황홀하니면
동그러북 막걸리 집.
낮술에 취하니
바람이 술잔을
채웁니다

손가락 사이로
어디를 닿아보면
풍경화를 그린 억지가
되었습니다
먼데서 오던 당신도
그립습니다

* 상강: 한로와 입동 사이의 절기. 기온이 내려가고 서리가 내리는 시기.(양력 10월 24일경)

상강

땅속으로 들어간 벌레들이
서리가 내린다는 것을
먼저 알았습니다

연산시장 대추 향이
무단으로 횡단하면
도토리묵 막걸리 집,
낮술에 취하니
바람이 술잔을
채웁니다

손가락 사각으로
어디든 담아보면
풍경화를 그린 액자가
되었습니다

먼 데서 오던 당신도
그랬습니다

입동

툭욱 툭
목련나무 잎지는 소리에
잠을 설칩니다

추워서 지는게 아니라
이겨내겠다는 결기가
서럽습니다

겨울로 고개숙인
가을을 보며
서서오기 때문입니다

낙지런하 다람쥐는
은진미륵 바라이래서 놀고있는데
번으시로 청설모는
아직도 바쁩니다

춘답이 시작됩니다

툭툭, 겨울을 치려고 합니다
그래야는 이길수 있습니다
앞을수 있습니다

* 입동 : 상강과 소설 사이의 절기, 겨울이 시작되는 시기. (양력 11월 8일경)

입동

투욱 툭
목련나무 잎 지는 소리에
잠을 설칩니다

추워서 지는 게 아니라
이겨내겠다는 결기가
서렸습니다

겨울은 고개 숙인
가을을 밟고
서서 오기 때문입니다

부지런한 다람쥐는
은진미륵 발아래서 놀고 있는데
반야산 청설모는
아직도 바쁩니다

춘 탐이 시작됩니다

툭 툭 겨울을 차려고 합니다
그래야 이길 수 있습니다
잊을 수 있습니다

소설

가을이라도 저
이별하는 것을 아는데
꽃이 모르겠나요

담벼락에 핀 코스모스가
늦을 줄가를 모르겠다

서리가 다녀가는데
담장을 기대고
당신이 없이 있는 듯
가슴이 가렵습니다

보고 싶은지 ...

내일은 평매에 가서
좋아하는 과일을 사겠습니다

기다리면 첫눈이
오시겠지요

* 소설: 입동과 대설 사이의 절기, 이 무렵부터 눈이 내린다는 시기. (양력 11월 22일경)

소설

강아지도 저
이뻐하는 것을 아는데
꽃이 모르겠나요

담벼락에 핀 코스모스가
늦은 귀가를 반깁니다

서리가 다녀갔는데
담장을 기대고
당신이 앉아있는 듯
가슴이 가렵습니다

보고 싶은지 …

내일은 평매에 가서
좋아하는 과일을 사겠습니다

기다리면 첫눈이
곧, 오시겠지요

─절기에 부친 편지

대설

눈이 풍년입니다

게다가 추위까지 겹쳐
상수문제 상터로
저수지가 꽁꽁 얼어
도화지가 되었습니다

알 수 없는 산짐승이
어지럽게 그려놓은 수묵화에
누군가 이름을 썼습니다

세상,
가장 늦게 산 이름입니다

어느 봄날
햇살이 걷어갈 이름으로
거리가 환해지겠지요

당신입니다

* 대설 : 소설과 동지 사이의 절기, 눈이 많이 온다는 시기. (양력 12월 8일경)

대설

눈이 풍년입니다

게다가 추위까지 겹쳐
성삼문 재 산터골
저수지가 꽁꽁 얼어
도화지가 되었습니다

알 수 없는 산 짐승이
어지럽게 그려놓은 수묵화에
누군가 이름을 썼습니다

세상,
가장 눈부신 이름입니다

어느 봄날
햇살이 걷어간 이름으로
거리가 환해지겠지요

당신입니다

동지

겨울나무가
오늘밤 깊은잠을 잡니다

겨울이 돌아
봄으로 갑니다

천혼사 아래
무학을 가득차를 세우고
새알심 팥죽을
들었다지요

잊지말아요
흰아에 쌓인 함박눈속에
녹픈 세상이 있었지요

계절은 새월속에서
원을 그리는데
당신의 흰 눈썹이
보입니다

* 동지: 대설과 소한 사이의 절기, 밤이 가장 긴 시기. (양력 12월 22일경)

동지

겨울나무가
오늘 밤 깊은 잠을 잡니다

겨울이 돌아
봄으로 갑니다

천호산 아래
무학은 개태사를 세우고
새알심 팥죽을
돌렸다지요

잊지 말아요
초야에 쌓인 함박눈 속에
부푼 세상이 있었지요

계절은 세월 속에서
원을 그리는데
당신의 흰 눈썹이
보입니다

— 절기에 부친 편지

소한

계룡산이 진을치고
대둔산이 막아서서
소한이 갇혔습니다

가시에 걸린 이슬도
탱자나무 눈꽃으로
피웠습니다

설해목 넘어지는 소리에
월명산 노루가
뜀박질을 합니다

까마귀도 운다는
소한 추위에
계백의 무덤을
동장군이 지키고
당신이 가신 길이
호젓합니다

* 소한: 동지와 대한 사이의 절기, 연중 가장 추운 시기. (양력 1월 6일경)

소한

계룡산이 진을 치고
대둔산이 막아서서
소한이 갇혔습니다

가시에 걸린 이슬도
탱자나무 눈꽃으로
피었습니다

설해목 넘어지는 소리에
월명산 노루가
뜀박질을 합니다

꾸어라도 온다는
소한 추위에
계백의 무덤을
동장군이 지키고
당신이 가던 길이
흐릿합니다

대한

폭설처럼
깊이 박혀도 그냥
지나가지 않습니다

개펄 사이
석회에
채운 액체로
겨울은 내립니다

열차를 타고
남해에 도착한 겨울은
파도에 부서지고
모락은 꽃씨가 되어
상향선을 뜨겠지요

다가가면
물러나는 안개
멀리서 보이는 입김,
당신인가요

* 대한: 소한과 입춘 사이의 절기, 한래의 가장 추운 시기. (양력 1월 20일경)

대한

폐쇄된
간이역도 그냥
지나가지 않습니다

개태사역
부황역
채운역에도
겨울은 내립니다

막차를 타고
남해에 도착한 겨울은
파도에 부서지고
포말은 꽃씨가 되어
상행선을 타겠지요

다가가면
물러나는 안개
멀리서 보이는 입김,
당신인가요

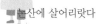

이창구 | 전 국방대학논산유치추진위원장

전민호,
이름 석 자만 떠올려도 나는 가슴이 뛰고 울렁거린다.

그는 논산에서는 없어서는 안 될 탁월한 인재이며 논산을 진정으로 사랑할 줄 아는 사람이다. 온화한 성품과 탁월한 추진력, 획기적인 기획력은 그를 접해본 모든 사람들이 인정하는 사실이다. 그가 있기에 논산의 행정이 돋보였고 논산 시민들이 행복했으리라 나는 믿는다.

황산벌 전투 재현, 국방대 유치, 육군사관학교 유치, 국방 산업단지 조성 등 논산의 크고 작은 모든 일의 시발은 전민호의 아이디어에서 시작되었다. 그중 국방대 유치는 전민호가 직접 찾아와 논산훈련소, 항공학교, 계룡대와 더불어 군사 요람지로서 국가를 위해서 항상 희생한 논산이므로 국방대만큼은 꼭 논산에 유치되어야 한다는 당위성을 설명하는데 나는 가슴이 떨렸다. 그는 확실히 논산을 사랑하는 데 미쳐 있었다.

나는 그때 그 일을 논산 시민들에게 알리고 싶다. 전민호가 있었기에 불가능을 가능으로 만들어 논산 시민들의 총궐기하에 하상주차장 집회, 국회, 국방대 앞 궐기대회, 1인 시위로 이어지는 시민운동에 국민적 관심을 모을 수 있었다. 청와대 노무현, 이명박 대통령을 움직여 이완구 지사가 행동으로 움직이는 원동력을 제공하는 데 전민호의 보이지 않

는 공로가 있었으며 이를 통해 국방대학이 논산에 유치되었
다. 황산벌 전투 재현, 국방대학 유치 추진, 도청 논산 이전
추진, 계룡시 분리 반대 운동, 육군사관학교 유치 등 이 모든
시민운동은 전민호의 탁월한 계획과 추진력으로 진행되었다.
확실히 그는 시민운동을 하는 나를 설득하는 데 달인이었다.

　나는 전민호가 좋다.
　논산을 진정으로 사랑할 줄 아는 전민호
　강력한 추진력과 계획력으로 논산 발전에 기여할 수 있는
　전민호
　논산 시민에게 미래의 꿈과 희망을 줄 수 있는 전민호
　나는 전민호를 사랑한다.
　그가 있기에 이창구는 오늘도 행복하다.

전민호의 저서 출판을 진심으로 축하드리며 마지막 책장을 넘기면서 울컥한 전율을 느끼는 이유는 무엇인가. 페이지마다 묻어 나오는 전민호의 훌륭한 정신세계는 먼 훗날 우리 후손들이 평가하리라 믿는다. 특히 24절기에 우리 논산의 모습들을 녹여 낸 시들은 참으로 걸작이다. 부디 논산의 진정한 지도자가 되어 논산 발전에 기여하기를 바란다.

부록

전민호가 걸어온 길

1973년 은진초등학교 졸업

1976년 기민중학교 졸업

1979년 논산고등학교 졸업

1981년 중경공업전문대학 건축과 졸업

1983년 육군병장 만기전역

1985년 서울시 공무원 임용

1987년 강동구청장 / 모범공무원

1988년 서울특별시장 / 우수공무원

1993년 총무처장관 / 대전 세계박람회 성공개최 유공

1997년 충남도지사 / 학교폭력근절 유공

1998년 논산문협 사무국장(7년)

2002년 건양대학교 총동창회 부회장(4년)

2002년 행정자치부장관 / 제5회 공무원 문예대전(시 부문 우수)

2008년 국무총리표창 / 모범공무원

2009년 2월 취암동장 취임(사무관)

2009년 7월 논산시 서울사무소장 취임

2010년 7월 열린 홍보실장

2011년 건양대학교 행정학과 졸업

2012년 7월 연무읍장 취임

2013년 기민중 · 논산고 총동창회장(3년)

2015년 2월 전략기획실장 취임

2017년 2월 참여예산실장 취임

2018년 충남대학교 행정대학원 석사학위 취득

2019년 1월 행복도시국장(서기관) 취임

2019년 7월 동고동락국장 취임

2019년 논산문화원 이사(현)

2020년 논산대건중 · 고등학교 운영위원장(현)

2020년 7월 1일 공로연수

2020년 12월 31일 정년퇴직

2020년 김홍신문학관 관장(2년)

저서

2018년 시집 『아득하다, 그대 눈썹』 발간. (나태주 시인 추천, 애지문학)

언론 속의 전민호

(기고) 전민호의 고향이야기 "아프니까 논산이다"
(놀뫼신문 2022.1.26.)

"아프니까 청춘이다"라는 메시지로 청소년들에게 희망을 준 책이 있습니다. 이 책은 "젊음은 젊은이에게 주기에는 너무 아깝다"라고 시작합니다. 젊음을 사랑하지 않으면 아프지도 않습니다. 저는 내 고장을 너무 사랑해서 아픕니다. 아픈 것은 안타까움이 담겨있다는 의미입니다. 우리 시민의 자긍심과 자존감으로 논산에 사는 것을 한없이 자랑스럽게 여기도록 명품 논산을 만들고 싶어서 논산시장에 도전했습니다. 채근담에 정중동(靜中動)이 나옵니다. '고요한 가운데 움직임이 있고 움직임 중에 고요함이 있다'는 것입니다.

이 정중동을 다르게 표현해보면 문중무(文中武)입니다. 선비는 예로부터 무를 겸비하고, 나라를 지켜온 장수는 문을 겸비하였습니다. 따라서 준수한 사람은 정중동의 문무를 갖추고 있습니다. 논산은 정중동이 스며있는 문무의 고장입니다.

그리하여 예학과 충절의 본향인 것입니다. 예학은 사계선생이 지탱하시고 충절은 계백이 지켜온 고장이 바로 논산입니다. 논산의 '논'은 정이고 문입니다. '산'은 동이고 무입니다. 다시 말씀드리면 논산 자체가 본래 정중동, 문중무의 고장이라고 단언할 수 있습니다. 이것만으로도 우리 논산시민이 삶의 자세를 바로 세울 수 있는 자존감입니다.

저는 논산시장은 몇 가지 조건이 있어야 한다고 주장합니다. 첫째, 논산을 지극히 사랑해야 합니다. 시장이 입신을 위하여 정치적으로 활동하거나 시장이 직업이 되어선 안 됩니다. 둘째, 시장은 선거가 끝나면 시민을 통합하고 끈끈한 지역의 문화공동체로 통합해야 합니다. 셋째, 시장은 논산을 제대로 진단하고 정확히 처방해야 합니다. 그러기 위해선 논산을 속속들이 알고 행정을 펼쳐야 합니다. 마지막으로 시장은 논산을 어떻게 이끌어나갈 것인가 하는 비전을 제시해야 합니다. 누가 이러한 조건을 갖추었는지 엄중히 그리고 냉정하게 살펴야 합니다.

지금은 전문가 시대입니다. 행정은 종합예술입니다. 이제는 행정전문가에게 믿고 맡겨야 합니다. 저는 '향기롭고 윤택한 명품 논산'을 만드는게 꿈입니다. 문화적으로 향기롭고 경제적으로 윤택한 고장입니다. 논산에서 생산되는 상품이 가치를 더하고 논산에서 사는 사람이 품격이 높아지는 '명품 논산'이 제 비전입니다.

국가가 흔들리는 것은 국민이 잘못해서가 아닙니다. 지도자가 방향을 잃어서 국민이 고통스러운 것입니다. 지방자치도 마찬가지입니다. 시장을 잘 뽑아야 시민이 행복합니다. 누구나 시장에 도전할 수 있지만 아무나 시장을 할 수 없는 이유입니다. 지방자치는 가슴으로 해야 합니다. 상처받은 사람이 많습니다. 고단한 사람이 흔합니다. 내일이 불안한 사람이 넘칩니다. 부지런한 발과 따뜻한 가슴으로 일하는 시장! 직원들과 짜장면을 먹으며 야근하는 시장! 전 그런 시장이 되고 싶습니다.

저는 시민공원을 맨 처음 기획하고 그림을 그리고 추진했던 사람입니다. 애견공원도 관계직원들과 견학하고 숙의해서 만들었습니다. 저는 반야산 전체를 공원으로 만들려고 합니다. 더 나아가 논산 전체를 공원처럼 깨끗하고 정감있게 가꿔 논산을 지나가던 사람이 내리고 싶고, 논산을 구경하다가 아주 살고 싶어 정착하는 고장으로 만들고 싶습니다.

낚시를 가려면 백 가지를 챙긴다고 합니다. 제가 강경 젓갈축제를 추진할 때는 천 가지를 챙겼습니다. 논산시정은 만 가지 이상을 챙겨야 합니다. 30년 행정경험과 강한 추진력으로 우리 공직자들과 손을 잡고 우리 시민들과 어깨를 맞대고 향기롭고 윤택한 명품 논산을 건설하고 싶은 꿈이 있습니다.

아프니까 고향입니다. 누가 고향을 더 아파하는지, 누가 고향을 더 사랑하는지 살펴봐 주시기 바랍니다. 새해엔 조금만 더 힘내셔요. 눈길 걷다 보면 꽃길 나옵니다.

의자왕이 계백에게 물었습니다.

"신라와 싸워 계속해서 이긴 비결이 무엇이냐."

계백이 대답했습니다.

"첫째, 적이 원하는 장소에서 싸우지 않았고 둘째, 적이 원하는 방법으로 싸우지 않았으며 셋째, 적이 원하는 시점에서 싸우지 않았습니다."

글을 써내려가다 보니, 열심히 산다고 살았으면서도 과연 내가 공복으로서 시민이 원하는 장소에서 원하는 방법으로, 그리고 원하는 때에 일했는지 다시 한번 반성하는 계기가 되었습니다. 그래서 더욱 깨닫고 기도하려 합니다. 그리고 기도는 하루의 처음과 마지막 기도가 될 것입니다. 한 해의 처음과 마지막 기도 또한 될 것입니다. 그리고, 제 생의 처음과 마지막 기도로 만들겠습니다.

일일이 찾아뵙지 못하고 이렇게 지면으로 인사드려 송구합니다. 제가 그동안 일했던 모든 곳, 천호동과 논산시에서 저를 가르치고 이끌어주셨던 모든 분들에게 깊은 감사의 말씀을 전합니다.

끝으로 이 책이 나오기까지 애써주신 모든 분들과 출판사에 다시 한번 감사드리며 이 글을 읽어주신 모든 분들에게도 숭고한 감사를 드립니다. 모든 일을 즐겁게 행복하게 마무리하고 다시 여러분을 뵙고 싶습니다.

아름다운 마무리는

삶에 대해 감사하는 것입니다.

처음의 마음으로

돌아가는 것입니다.

아름다운 마무리는 내려놓는 것입니다.

아름다운 마무리는 비움입니다.

아름다운 마무리는

언제든 떠날 채비를

갖추는 것입니다.

"고맙습니다!"

2022년 2월 22일

먹골에서

리을 전민호 큰절

출간후기

논산시민의 삶과 행복을 위해
새롭게 출발하고자 하는
전민호 저자의 새로운 출발을 응원합니다!

권선복

도서출판 행복에너지 대표이사
대통령 직속 지역발전위원회 문화복지전문위원

　이 책 『논산에 살어리랏다』는 평생 논산을 위한 공직자로 살아
온 아버지의 뜻을 이어받아 공직자로서 논산시만을 섬기는 삶을 살
아 온 전민호 저자의 일생을 담은 회고록인 동시에 논산시장이라는 새
로운 공직자의 길에 도전하는 저자의 비전을 드러내는 청사진입니다.

　이 책을 쓴 전민호 저자는 전일순 전 논산시장의 아들로 태어나
거의 일평생을 논산의 공직자로서 살아 온 인물입니다. 논산군의 마
지막 군수이자 논산시의 첫 민선시장이셨던 아버지가 남기신 굳은

의지를 따라 저자는 논산시 기획팀장, 취암동 동장, 연무읍 읍장, 전략기획실장 및 행복도시국장, 동고동락국장 등을 거치면서 '공직자가 가져야 할 최고의 자세는 친절이다', '공직자의 권위는 권위주의를 버리는 데에서 나온다', '우리의 문제는 현장에 답이 있다' 등 자신만의 굳은 신념을 보여줬습니다. 또한 논산을 위한 창조적 기획과 행정으로 국방대학교 유치와 논산시민공원 기획 등 다양한 활동을 전개했습니다.

또한 여기서 그치지 않고 '고향을 가꾸는 것이 나라를 가꾸는 것이다' 라는 아버지의 말을 따라 공직자로 있으면서 항상 꿈꾸었지만 이루지 못했던 논산 발전의 계획을 현실로 만들기 위해 올해 2022년 논산시장 출마를 계획하고 있다고 밝힙니다. '배려 행정, 알뜰 행정, 아트 행정'을 강조하며 문화적으로는 향기롭고 경제적으로는 윤택한 고장 논산을 만들겠다는 것이 전민호 저자의 논산시장 출마 비전입니다.

저 역시 논산 출신으로서 전민호 저자와는 1년 차이의 초등학교 선후배 관계입니다.

전일순 전 논산시장의 유지를 이어받은 전민호 저자의 논산시장을 향한 도전을 응원하며, 이 책을 통해 많은 분들이 나라의 대표선수, 국민의 공복으로서 공직자가 어떤 자세를 갖추어야 하는지 생각해 볼 수 있는 기회가 되기를 바라며 제 고향 논산에 기운찬 행복에너지를 전파하겠습니다.